お伊勢まいり

新・御宿かわせみ

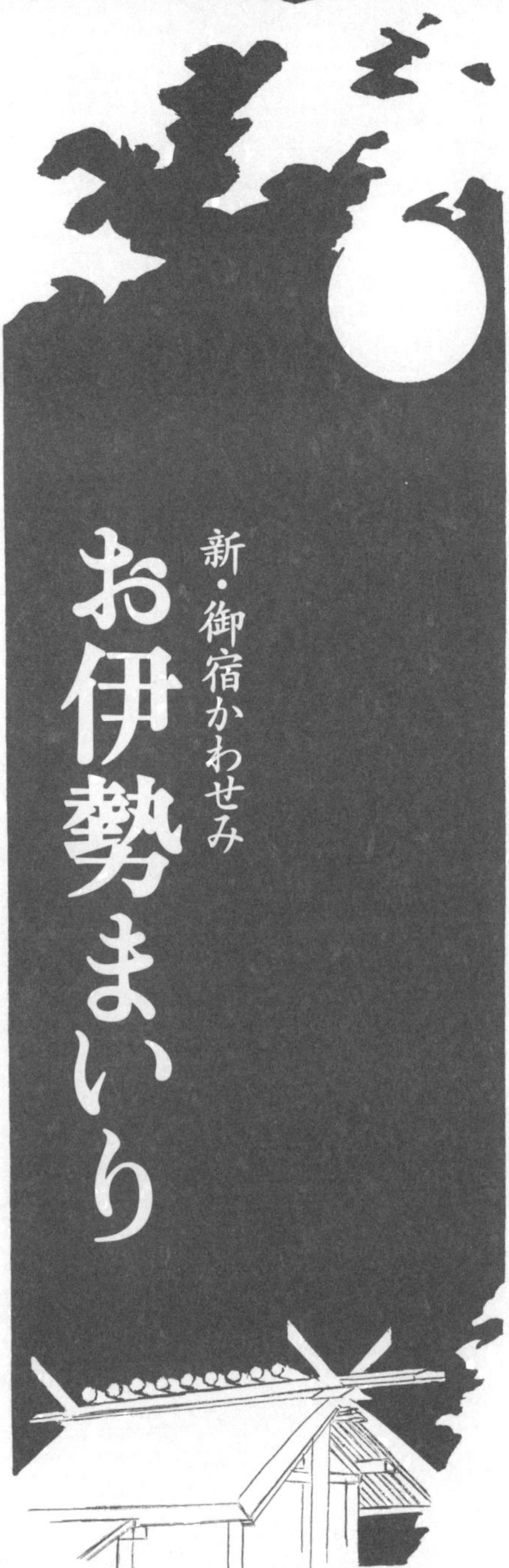

平岩弓枝

文藝春秋

お伊勢《いせ》まいり

新《しん》・御宿《おんやど》かわせみ

装画・口絵・挿絵　蓬田やすひろ

発端

一

東京が江戸と呼ばれていた時分から続いている大川端《おおかわばた》の旅宿「かわせみ」は今年の春早々に二度も襲って来た大嵐で屋根瓦を吹きとばされ、その上、庭の松の大枝が折れて渡り廊下を直撃するなど、さんざんな被害を受けた。

空模様がおさまると早速、出入りの大工の本名は小源太《こげんた》、通称、小源や屋根屋がかけつけて来て修理に取りかかったが、外から眺めた以上に痛めつけられていて一朝一夕には旧に復《ふく》せない。

それに、こうした自然災害の場合、困るのは被害に遭《あ》ったのが一軒や二軒ではなく、町中の家が惨憺《さんたん》たる有様になっているので職人の手が足らず、復旧に時間がかかりすぎることであった。

「かわせみ」では天気が回復すると滞在していた客は早々に出立《しゅったつ》して行った。また、地方から出て来る予定の客も東京の混乱状態を知ると大方が予約を取り消して来たし、「かわせみ」のほうからも現状を知らせ、到底、お宿は出来かねるのでと丁重に詫びて断りをいった。

　奉公人達は親許が無事な者はとりあえず今までの給金を払って帰し、別に働く場所があれば就職するのもかまわないと、るいが一人一人に話をし、怖しい思いをさせてすまなかったと頭を下げた。

　残ったのは大番頭の嘉助《かすけ》に若番頭の正吉《しょうきち》、女中頭のお吉《きち》に若女中頭のお晴《はる》の四人で、早速、家の中の片付《かたづけ》にかかった。その結果、布団部屋の天井が雨洩《あまも》りしていて、客用の布団が殆《ほと》んどこのままでは使えない状態なのも判明した。

　で、暫《しばら》くは休業にせざるを得ない。

　麴町《こうじまち》からは清野凜太郎《すがのりんたろう》、千春《ちはる》の夫婦が見舞に訪れ、狸穴《まみあな》からは麻生宗太郎《あそうそうたろう》が仙五郎《せんごろう》と一緒にやって来た。

　仙五郎の本業は桶屋だが当人は捕物好きで、今は方月館《ほうげつかん》診療所として医療の場となっているが旧幕時代は江戸で屈指の剣道場の一つであった頃から道場主の松浦方斎《まつうらほうさい》や師範代の神林東吾《かみばやしとうご》に対しては常に忠実な配下として働いてそれを生甲斐に感じていた。その姿勢は明治の世になっても変らず、倅《せがれ》に家業を譲った今はもっぱら方月館診療所の雑用係と自分で決めて連日せっせと通って来る。

勿論《もちろん》、るいをはじめ「かわせみ」の奉公人とは古くからの馴染《なじみ》で、深川で蕎麦《そば》屋を営んでいる長助《ちょうすけ》と共に「かわせみ」の股肱《ここう》の臣を自認してもいた。

麻生宗太郎が狸穴から出て来たのは勿論、この度の嵐見舞で、実をいうと嵐が去ってすぐに、るいは狸穴の方月館に隣接する神林通之進《みちのしん》の許《もと》と麴町の清野凜太郎、千春夫婦の許《もと》に使《つかい》をやって安否を確かめ、見舞を届けさせている。幸い、どちらも大きな被害はないと知って安堵したばかりであった。

で、やや落付いた所で千春が清野家の書生をお供にやって来て、

「あんな最中では火を使うのも剣呑《けんのん》だと御飯も炊けずにいましたら、お母様からおむすびだの、お煮しめなんかが届いたでしょう。凜太郎さんが喜んで、おかげで御城内へかけつけて行くのにお腹《なか》がぺこぺこでなくて助かったと、お母様にお礼を申し上げてくれって何度も申して居りました」

神妙に頭を下げてから首をすくめて、

「持つべきものは、気のきく実家って本当ね」

と笑っている。

宗太郎のほうは方月館診療所も通之進夫妻の住居も無事だったとあらためて告げ、

「ここは大川に近いから満潮時に潮が逆流して川が氾濫でもしたらえらいことだと心配しながら来たのですが、どうやら大事が小事ですんだようでよかった」

と棟梁《とうりよう》の小源に話している。

それにしても「かわせみ」がこれまでのように客を迎え、宿屋稼業を再開するには少くとも一カ月はかかると聞くと、

「とりあえず狸穴のほうへ来ませんか。余分な部屋もあるし、義兄上《あに》も義姉上《あね》も是非、そうするようにとおっしゃっていますよ」

と強く勧めた。勿論、即答出来ることでもないので、るいは礼を述べ、その節はよろしくお願い申しますと返事をした。宗太郎は狸穴でも嵐の最中に外へ出て怪我をした者だの、重病人の患者を抱えている立場だが、仙五郎は、

「あっしは深川の長助どんと話をして参りましたので、二、三日でも泊らせてもらって、こちらの後片付を手伝いたいと思います」

と決めている。宗太郎のほうは、

「日頃のおるいさんの人徳の故ですよ。遠慮しないで、みんなの気持を汲んでやって下さい。餅は餅屋ってことわざがあるじゃありませんか」

ついでに、この際、どこか気のきいた湯治場《とうじば》へでも出かけてはどうですか、と提案し始めた。

「大体、おるいさんは宿屋稼業にかまけて休養らしい休みを取ったことがないでしょう。人間は働く時は働き、それに見合って休む時は休まねば体が保《も》ちません。いくら丈夫だからといって休みなしに働き続けていれば、或《あ》る時、体が悲鳴を上げます。西洋では七日ごとに日曜といって休みを取ります。その他にも、冬だの夏だのにまとまって休みを取る。とりわけ、夏は一カ月ぐらいを続けて休むのが当り前なのですよ。いずれ、この国にもそういう習慣が根付く時代が来るとは思いますがね。日本人はとかく、なんにもしないでぼんやり暮すのが苦手《にて》で、罪悪感を持つ人もいますがね。なに、日本だってお百姓さんには農閑期というものがある。稲刈りが終って凍りついた田が春になって溶けるまで、縄をなったり、手仕事をしたり。それが自然というものなのです。自然に逆《さか》ったら碌《ろく》なことがありません。つまり、碌でなしです。人間、碌でなしになってはいけません」

延々と宗太郎の説教が続き、遂に、るいが頭を下げた。

「お諭《さと》し、よくわかりました。宗太郎先生は本当にお口上手で……」

「では、すみやかに実行されますように……」

「考えさせて頂きます」

長年のつき合いで双方が納得し、宗太郎は狸穴へ帰った。

るいとしてはその場限りのつもりですぐに脳裡《のうり》から消えてしまったのだが、それから数日後、日本橋の近くで「和洋堂《わようどう》」という古美術商を営んでいる女主人の畝千絵《うねちえ》が到来物のおすそわけと称してカステイラの箱包みを持ってやって来た。るいとは幼馴染《おさななじみ》で、おたがいの家庭の事情も残らず話し合える間柄なので早速、おもたせの菓子に煎茶《せんちゃ》をいれて向い合うと、

「今日はお誘いに参りましたの」

嬉しそうに話し出した。

だいぶ以前から和洋堂の常連客や日本橋界隈の旦那衆の間で話が出ていたのだが、それが急にまとまって有志の者達で実行に移そうと決ったという。

「おるいさまは伊勢《いせ》参宮《さんぐう》にいらしたことはありませんでしょう」

昔から話を前後したり、肝腎《かんじん》のことを飛ばす名人なので聞き手に廻るるいのほうも馴れていて、

「お千絵様がお誘いを受けたのですか」

というと、

「私はもう行くと決めましたの。ですから、おるいさまもどうか御一緒に……。皆様にもお話ししたら大喜びで何がなんでもひっぱり出してお行きなさいといわれましてね。わたくし、太鼓判をおして来ました。どうぞお願いですから行くとおっしゃって下さいましな。そうでないと私も行けなくなってしまいます」

両手を胸の前で合せて頭を下げる。

あっけにとられ、次いで、るいは笑い出した。

「無理ですよ。わたしには……」

「改築をなさるのでしょう。お吉さんに聞きました。棟梁の予定では一カ月はかかるだろうと。ちょうどいいじゃございませんか。神仏の思し召しですよ」

「でもね。お千絵さま、私は離れで暮すことにして……」

「一カ月も耳許でトントン、カンカンやられてごらんなさい。気が可笑《おか》しくなりますよ。嘉助さんやお吉さんだって……」

「あの二人はよそへやります」

「おるいさまの傍を二人が離れると思いますか。第一、二人ともお伊勢まいりはしていませんでしょう。おるいさまは聞いたことがないかも知れませんけど、西のほうでは、伊勢に七度《ななたび》、熊野《くまの》に三度《みたび》、お多賀《たが》様には月まいりっていうそうですよ」

伊勢は伊勢神宮、熊野は熊野大社、お多賀様は近江《おうみ》の多賀大社のことだとお千絵は得意そうに胸を張った。

「私達、七度どころか一回もおまいりしていないじゃありませんか」

「でもね、伊勢は遠くて……以前、うちへお泊りのお客様の話では江戸から……いえ、東京から行って帰って来るまで二カ月近くはかかるとか……」

「ちょうどいいじゃないですか。おるいさまが伊勢へ参詣《さんけい》に出かけている中《うち》に、すっかりお家の改築が終っていますよ。留守番は正吉さんとお晴さんで充分。そうだ、ついでに嘉助さんとお吉さんをお連れなさいませ。長年、働き続けて来た御褒美だといったら、二人だって大喜びしますよ。そうそう、深川の長寿庵《ちょうじゅあん》の長助に声をかけてありますの。歿《なくな》った主人によく尽くしてくれて、今だって何かというと駈けつけて来てくれるのですもの。あの世の主人もよく気がついたと満足してくれると思うのですよ」

立て板に水といった感じのお千絵の勧誘は、るいが頭を縦にふるまで延々と続いた。

るいが思った以上にお千絵の行動はすみやかであった。

二

翌日の午後、麴町から凜太郎、千春夫婦がやって来て、

「和洋堂のお千絵様からお伊勢まいりの話を聞きました。伊勢参宮は誰しも一度はと願っていてもなかなか出かけられないものです。是非、行っていらっしゃい」

と勧め、狸穴からは宗太郎が通之進夫婦の伝言だとして、

「旅はよい道連れがある時にこそ出かけるべきですよ。幸い、おるいさんは年齢よりも体力、気力がずば抜けてお若い。この際、我々の分も御利益《りやく》があるようお詣りして来て下さい」

こちらはお伊勢さんへのお賽銭《さいせん》、こっちは道中のお小遣いと分厚い包みをおいて行った。

「かわせみ」のほうは旅好きのお吉が大張り切りで支度を始めたが、嘉助は、

「申しわけありませんがお伊勢まいりは若い時分、おるいさまの父上様にお仕えする以前に仲間について行ったことがございますし、近頃はどうも出不精で、手前の代りに

長助親分がお供をしたがって居りますんで何分、お許しを願います」

と辞退した。

「なんのかのと小理屈をつけてますけど、番頭さんの本音は留守を若い者にまかせておけないんでございますよ。当人がそういうんですからその通りにしたほうがよろしゅうございます」

とお吉がいうように、るいも正直の所、嘉助が留守番をしてくれたほうが何かと安心で、

「それじゃ、土産話を楽しみに、留守中、風邪をひいたり、無理をして体をこわさないように、それだけは気をつけて下さいね」

と念を押し、結局、るいに同行するのはお吉と長助で、三人がお千絵の誘った伊勢参宮の講中に参加することになった。

新暦の三月一日、長助が迎えにやって来て、るいはお吉と二人、嘉助をはじめ正吉とお晴に見送られて大川端の「かわせみ」を出発した。

夜はまだ明けたばかりで、それでも雀がしきりに囀《さえず》っている。

日頃は人通りが多く、混雑している新橋駅の周辺も、まだ始発列車が出るには早すぎる時刻でひっそりしているものの、構内では働く人影が見えた。

「宗太郎先生が、いっそ、新橋から横浜まで陸蒸気《おかじょうき》で行ったらとおっしゃったんですけど、そうすると街道のほうへ戻るのが厄介かも知れないし、あちらの皆さんと大木戸で待ち合せるんだそうで、大体、横浜って場所は東海道とは見当違いのところにあるんだそうですね」

昨夜は初のお伊勢まいりにわくわくして寝そびれたというお吉が興奮のおさまらない声で喋り出し、長助がもて余し気味に相手をしている。

ただ、長助もお吉も横浜というと忘れられない思い出があった。

畝源太郎《げんたろう》と花世《はなよ》がまだ少年少女であった頃、まだ手に入りにくい西洋の医学書や医療用の品々を積んで来る外国船が横浜に入港し、麻生宗太郎が昵懇《じっこん》にしている貿易商の千《ち》種屋《ぐさ》がそれらを買いつけたと知らせが来て、横浜の千種屋の出店へ出かけるに際し、神林東吾が用心棒旁々《かたがた》、同行するついでに花世と源太郎を連れて行くことになり、そのお供といった恰好でお吉と長助が横浜見物をさせてもらった。二人にとっては十数年ぶりの旅になる。

その伊勢まいりに今度は神林東吾の妻であるるいの供をして出かけるのであってみれば感無量に違いないが、それは口に出せない。

一行の人々とは品川宿の茶店が集合場所で定めの時刻までには全員が到着した。

昔から伊勢まいりには講という組織を作って、御師《おし》と呼ばれる者が万事を取りしきり世話人として随行するようになっている。

人数が揃《そろ》ったところで、その御師が挨拶したところによると、名は岡本吉大夫《おかもときちだゆう》、親代々、伊勢講の御師をつとめているという。年齢はちょうど五十歳だというが中肉中背で温厚そうな感じであった。他に手代とでもいった恰好で二十四、五歳の信次郎《しんじろう》と名乗るのが吉大夫から紹介されると次は一行のほうの自己紹介に移る。

まず、京橋の太物《ふともの》問屋の主人で嶋屋《しまや》長右衛門《ちょうえもん》、煙草《たばこ》問屋の房州屋徳兵衛《ぼうしゅうやとくべえ》、塗物《ぬりもの》問屋の会津屋惣右衛門《あいづやそうえもん》、駿河《するが》町の繰綿《くりわた》問屋、越前屋久七《えちぜんやきゅうしち》、本町の扇《おうぎ》問屋で小泉屋五郎兵衛《こいずみやごろべえ》、薬種《やくしゅ》問屋中西屋繁兵衛《なかにしやしげべえ》、同じく大坂屋平八《おおさかやへいはち》、この中《うち》、夫婦で参加したのが嶋屋長右衛門の女房お仙《せん》と小泉屋五郎兵衛の女房の幸江《ゆきえ》と妹の久江《ひさえ》で、嶋屋も小泉屋も昨年、隠居して店を伜にゆずっているという。続いてお千絵が、

「和洋堂の畝千絵でございます。何分、よろしくお願い申します」

と頭を下げ、るいも、

「大川端町にて小さな宿屋を営んで居ります。神林るいと申します。これは手前共で長らく働いてくれて居りますお吉と、古くから昵懇にして居ります深川長寿庵の長助さんでございます」

と挨拶をした。とたんに一行の中から拍手が起って、

「ここにいる者の中で長助親分の名を知らない者はございませんよ。御商売のかたわら、町の者のためにお働き下さって、いつぞや、お上から御褒美を頂きなすったでしょうが。それに、かわせみさんの御評判もよく耳に致しますよ。そちら様の父上様は捕物名人と呼ばれた大層なお役人様で……」

と大坂屋平八がいい、るいが慌てて、

「いえ、私の父は早く歿りまして。捕物名人と呼ばれたのは、こちらの御主人様でございました」

とお千絵を前へ押し出すようにした。で、平八が、

「これは失礼を申しました。こちら様は美術品のお店の御主人をなすっていらっしゃいますとか、女手一つで……誰でも真似の出来ることではございませんよ。それに、お跡継ぎは立派な弁護士さんにおなりだとか」

茶店の女中が昼飯の用意が出来たと声をかけなければ、いつまで話が続くかわからない有様であった。

その日の泊りは神奈川宿になった。

案内人の予定では遅くとも程《ほど》ヶ谷《や》と考えていたようで口に出しては何もいわなかった

が苦り切った表情はかくせない。

にもかかわらず、七里を歩いた一行の大半が、

「くたびれましたね」

「よく、ここまで参れましたこと……」

と、ねぎらい合ったり、はしゃいだりしているので、お吉が、

「まあまあ、これからの道中が思いやられますね」

と、るいにささやいて、

「よけいなことはいわないの」

指一本を口に当て、たしなめられている。

一行が、この旅で最初に泊った宿は旧幕時代は本陣であったそうで、当時はもっぱら大名行列が江戸とその大名の領国とを参勤交代の制度に従って往復する際の宿泊所であったと案内人が説明すると、

「道理で、なんとなくいかめしい感じが致しますね」

と嶋屋の女房お仙が肩をすくめ、

「いい御時世になりましたね。昔なら私どもが敷居をまたげないような宿に泊れますんですから……」

小泉屋の女房の幸江は喜んでいる。

大きな宿の割に泊り客は少いようで女房連れの嶋屋と小泉屋が各々一部屋を占拠し、男達は房州屋徳兵衛と会津屋惣右衛門、越前屋久七が三人共、今年還暦の数えで六十一歳ということで、そもそも、この旅のきっかけは三人が還暦を記念して自祝のつもりで伊勢参宮を計画したのに他の人々が、

「それなら、わたしも……」

と参集したものだという。

宿のほうも、本陣であったから部屋数が多く、還暦の男三人は彼らの希望に従って十畳と六畳の二つの部屋が襖《ふすま》の仕切りでつながっているのを、中西屋と大坂屋は十畳の合部屋というように贅沢な部屋割にしてくれた。

「かわせみ」の一行は、るいとお千絵にお吉が八畳に六畳が続いている部屋で、廊下をへだてた六畳に長助が一人で入った。

それでも空部屋が延々と続いている。

「まあ、お大名というのは随分と大勢のお供を連れて旅をなすったものですねえ。一人のお大名でこの本陣が一杯になるほどのお供をつれて本国から江戸まで往復なさったっていうんですから、宿の費用《かかり》だけでも容易じゃございませんですよ」

るいとお千絵が旅装を解くのを手伝っていたお吉が慨歎《がいたん》し、

「お吉さん、お大名が本陣にお泊りなさる時、いくら宿賃を払いなさるか御存じですか」

とお千絵が問いかけた。

「そりゃまあお大名のことですからお供の数も半端《はんぱ》じゃないでしょうし、召し上り物にしたって鯛の焼きものだの、季節に合せていろいろと用意しなさるんでしょうから……」

真剣な表情で胸算用を始めたのに、

「ただですよ」

「なんでございますって。御冗談を……」

「いいえ、本当なの。本陣では召し上り物は一切、出さないしきたりです」

「まさか、外から出前をとるとか……」

目の玉がひっくり返りそうなお吉に、るいが助け舟を出した。

「私もね、以前、うちへお泊りになった方からの受け売りですけれど。お大名の旅では十万石くらいの殿様でも料理人や肴洗《さかなあらい》、つまり下ごしらえでしょうね、台所働き、茶の間小使《こづかい》というのはお運《はこ》びなどかしら、とにかく十人近くの人がお供をしていてね、炊事用の鍋釜からお膳や皿小鉢《さらこばち》、塗りのお椀《わん》にお箸《はし》、一切合切《いっさいがっさい》、殿様用のものを持ち込んで道中をなさるのですって……」

そこまでは知らなかったとみえて、お千絵も訊ねた。

「つまり、素泊りですか」

「お座布団《ざぶとん》から脇息《きょうそく》、屏風《びょうぶ》や衝立障子《ついたてしょうじ》、床の間の飾りもの、それから夜、おやすみになる枕に布団に……まだ、なにかありましたっけ」

るいが考え込み、お吉は盛大に両手をふり廻した。

「もう、ようございます」

聞いているだけで目がくらむと肩で息をしている。

「お大名になぞ生まれるものじゃありませんよね」

お千絵が自分でいってしまってから大袈裟《おおげさ》に袂《たもと》を口に当てた。

「それじゃ、お伊勢まいりなんぞ一生、行かれませんね」

「多分ね」

「お気の毒様」

「でもね、お千絵様、新政府になってお大名は皆さん、御領地を取り上げられて華族《かぞく》様となったのでしょう」

「もう、東京と御領地を行ったり来たりはしなくてすむようになりましたのね」

「ながなが、お疲れさまでした」

顔を見合せて声を出さずに笑い、その後で二人とも少しばかりしゅんとした。

「でもね、時には昔がなつかしくなることもありますのね」

「おるい様もですか」

「お千絵様も……」

「でも、それをいうと娘が申しますの。昔のことをなつかしがるのは年をとった証拠だとか……」

「まあまあ」

「そういう自分も、公方《くぼう》様の時代に生まれましたのにね」

夜が更けて、あたりの部屋が灯を消したのに気づき、女二人は慌てて寝支度にかかった。

翌日も晴天であった。

気温も上って歩いていると汗ばむほどである。

程ヶ谷の宿までが一里九丁。

案内人は戸塚まで行って昼飯にする予定だという。

このあたりの街道の風景は昔のままであった。

田と畑が広々と続き、田はちょうど土が掘り返されはじめたところであったし、畑には青々と葉の伸びた大根やまだ花の咲かない葉の周囲を気の早い蝶々が舞っている。

「のどかですなあ」

周囲を眺めて嘆声を上げたのは小泉屋五郎兵衛だったが、その視線が左後方で急に止まると俄《にわ》かに表情が険しくなった。

たまたま、五郎兵衛の脇を歩いていた長助がそれに気づき、背負って来た荷物をゆすり上げる恰好をしながら、さりげなくふりむいてみると道のすみに小泉屋の久江が立ち止ってしきりに礼をいっている相手が大坂屋平八であった。

大坂屋平八は中西屋繁兵衛と同じく薬種問屋の主人だが中西屋が旧幕時代から漢方薬だけを扱っているのに対して、大坂屋のほうは漢方薬の他に近頃、かなり広まって来た西洋の薬種も商っているというのは長助の耳にも入っていた。しかも、その値が大層、高く、高価な分だけ効き目も早いと評判になっている。そういう意味では大坂屋のほうが時流に乗った商売をしていて、反対に中西屋は旧態依然、時代遅れとかげぐちを叩かれているらしい。

まずいことに二軒の店は本町通りで道をへだてた向い合せの位置にあるので、どちらの店により多くの客が入って行くかは気をつけて見ていればすぐ判るのであった。で、長助としては今度の伊勢まいりに大坂屋と中西屋の双方の主人が参加すると知った時から、なんとなく剣呑な感じを持ったのだが、それを訴える相手がなかった。

止むなく見て見ぬふりで、久江と平八の様子を窺っていると、どうやら久江の草鞋《わらじ》の紐がほどけたのを平八が気づいて結び直してやったのがきっかけらしい。

この御時世で東京の町を歩く人々の中には下駄や草履《ぞうり》の他に西洋の短靴を愛用するのが増えているけれども、やはり、旅ともなると手甲脚絆《てっこうきゃはん》に草鞋掛けというのが当り前で一行のみんながその恰好をしている。

ただし、普段はみんな草履か下駄であって、東京暮しの者が草鞋を履くことはない。旧幕時代から町中を捕物で走り廻って来た長助にしたところで、草鞋を用いるのは滅多になくて、紺足袋《こんたび》の上から真新しい草鞋の紐を強めに結ぶのは気持がひきしまっていい心持であった。

そんなことを考えていた長助は、うっかり自分を呼ぶお吉の声を聞きそびれて、はっとした時にはお吉が目の前に立っていた。

「どうしたんですよ。ぼんやりして。昨夜、柄にもなく本陣なんかに泊ったから寝そびれて、耳がどうかしちまったんじゃないでしょうね」

女にしては底力のあるお吉の声にどやされて、長助は思わずぼんのくぼに手をやった。

「なに、そんなんじゃあねえよ。春に三日の晴なしというから、この上天気がいつまで保《も》つかと考えてたところで、まあ、箱根越えが降られなけりゃ御《おん》の字だがね」

「御精進《ごしようじん》がよけりゃあ降られませんよ。まあ、昨夜はともかく、この先は白粉《おしろい》くさい女子衆《おなごし》が手ぐすねひいて待ってる所を通るそうだから、雨降り道中が嫌なら二階から鹿《か》の子《こ》の振袖《ふりそで》で招かれたってその気にならないよう気をつけて下さいよ」

「なんだね。そりゃあ」

「とぼけないで下さいよ。吉田通れば二階から招く、しかも鹿の子の振袖がっていうのがこの先の道中にひかえているんですとさ」

「おきゃあがれ。俺の知ったことか」

「あらま、長助親分、赤くなっている」

わあわあと二人の声が大きくなって周囲を歩いている人々が笑い出し、るいがそっと近づいた。

「いい加減にしなさい。往来でなんてことを……みっともない」

低声《こごえ》だったが、お吉はしゃんと背を伸ばし、長助は亀のように首をちぢめてあやまった。

そこからは道がはかどって、案内人の予定通り戸塚の宿場の「かま倉や」という店で昼飯をすませ、今夜の泊まりは平塚宿ですからと案内人がせかしたような、安心させたような中途半端な口調で知らせ、一行は黙々と歩き出した。

その平塚へ入る手前に相模《さがみ》川、別名、馬入《ばにゅう》川の渡しがある。

「徳川様が京へお出でなさる時は川の中に舟を流れに沿った恰好でずらりと並べ、その上に板をかけて、舟橋ってのを作ったそうでございますよ」

と案内人が説明したが、一行はあまりぴんと来ないままに、ごく普通の渡し舟に乗り組んだ。

るい達の一行は最後に並んだのだが、日頃からあまり舟が好きではないお吉は足がすくんで容易に舟板へ進めない。止むなく、長助が前へ廻ってお吉の手を引き、るいが後から支えるようにして乗り込もうとしたところ、僅《わず》かな川波で舟が揺れ、お吉は悲鳴を上げてよろよろとるいに倒れかかった。支えようとしてるいの上半身が浮き上る。

「御無礼……」

と優しいが凛《りん》とした声が聞えて、るいの体が抱きとめられた。

反射的に相手を見て、るいは声を失った。

そのるいの背後でお吉が、かすれた声で叫んだ。

「若先生」

三

相模川の舟渡しで乗り込んだとたんに大きくよろめいたお吉を支えようとして支え切れず上体を浮かせたるいを遠慮がちに抱き止めたのは若い書生風の男であった。

客に背を向けて艫綱《ともづな》を解いた船頭が竿《さお》を取り直し、

「出しますぜ」

と声をかけて渡し舟はぐんと岸を離れる。

そうなってから、るいを抱くようにして腰を落していた若者が手を離し、るいは改めて、

「有難う存じました」

と会釈した。そこで若者は初めて視線を上げてるいを見ると、いや、と口の中で応じて体のむきをるい達の一行とは逆の方角へ変え、そのまま川むこうの景色を眺めている。

僅かの間に舟は向う岸に着き、若者は他の乗客にまじって街道へ歩み去った。

るい達の一行が最後に舟を下りたのは老人と足弱連れの故だが、講中の世話人である

御師の岡本吉大夫が全員の揃ったのを確かめて出発した時には、先へ行った若者の姿はもう見えなかった。

「どういうお人なんでございましょうかねぇ」

と最初に口に出したのはお吉で、

「今の書生さんですよ。ちょっと若先生に似ていやしませんでしたか」

なんとなく心残りといった口調で呟《つぶや》き、

「いやあ、お吉さんの前だがね。若先生からみたら、ちょいと落ちますよ」

長助が反対した。

「男前からしたって若先生より格下だし、第一若先生は凜としてなさる。生まれながらの気品ってものがおあんなさいますよ。おまけにお医者の腕だって宗太郎先生の折り紙つきなんですから……」

「そんなことは長助親分にいわれなくったってわかっていますよ。そもそも外国へ留学ってのが出来るのだって並みの人には無理だってのに、若先生ならむこうさんから是非、来てくれって頭を下げて……」

「お吉……」

るいが慌てて遮った。

「あんまり調子に乗らないで……」

「いいえ、バーンズ先生の所へ来てなさいます狸穴の方月館の……宗三郎《そうざぶろう》先生がおっしゃったそうでございますよ。嘘じゃございません。バーンズ診療所のたまきさんがおっしゃいましたんですから……」

麻太郎《あさたろう》が働いていた築地のバーンズ診療所では神林麻太郎が留学してから、狸穴の方月館診療所から麻生宗太郎の弟の天野《あまの》宗三郎が来てリチャード・バーンズ医師の薫陶を受けながら、麻太郎の代理をつとめている。お吉がいった「たまきさん」とはバーンズ先生の妻のことであった。

神林麻太郎の留学のきっかけは外交官であるバーンズ先生の弟、フィリップ・バーンズの斡旋があったのは勿論「かわせみ」のみんなが承知していた。

「若先生、今頃、どうしてなさいますかね」

長助がなつかしさを口に出し、お吉もいった。

「お元気にきまっていますよ。お元気で医学の勉強ってのをなすっていますって」

「その……医学の勉強ってのは、どのくらいかかるもんなんでござんしょうかねぇ」

長助の目が柄にもなくうるんでいて、るいは胸が熱くなった。が、声をはげましていった。

「お伊勢様におまいりして……お願い申します。麻太郎さんの御無事を……そうして、一日も早くお元気なお姿をお迎え出来ますようにと……」

長助とお吉が合点し、各々に両手を合せ、それから三人は少しばかり一行に遅れてしまったのに気がついて、足を早めた。

その日の宿は小田原《おだわら》宿になった。

箱根越えをひかえている旅人にはまずここで一泊するのが常識のようなものであり、宿の数も多いし、泊り客の懐具合に応じて上中下と揃っている。

るい達の一行が泊ったのは中級の上といった恰好の宿だが、往来から少々、奥まった所にあって建物は由緒ありげだし、応対する番頭や働いている女中の物腰も行き届いていて印象は悪くない。

部屋割は昨日と同じになる筈であったが、その直前に小泉屋五郎兵衛の女房の義妹である久江がそっとお千絵に近づいて、

「あの……もし、おさしつかえなければ、私をそちら様と御一緒にさせて頂けないでしょうか」

低声《こごえ》でいった。

お千絵がるいを見、るいは微笑でうなずいた。で、お千絵が、

「勿論、かまいませんよ」

と返事をした。

で、宿の女中に案内されて、るいとお千絵にお吉が部屋へ落付くと間もなく久江が一人でやって来た。敷居ぎわに手を突いて、

「先程は勝手なことをお願い致し、申しわけございませんでした」

丁寧に頭を下げる。

「なにをおっしゃいます。部屋はこの通り広うございますし、かえって賑《にぎ》やかになって安心ですよ」

お千絵が如才なく座布団を勧め、るいは用意されていた茶道具を取って火鉢にかかっている鉄瓶《てつびん》の湯の具合を確かめてから四人分の茶をいれた。それとなく見ていると久江は悪びれずに茶碗を取って嬉しそうに飲んでいる。そこへ女中が来た。

「こちらに小泉屋さんの久江様とおっしゃる御方は来ていらっしゃいませんか」

と訊《き》かれて久江がふりむいた。

「久江は私ですけど……」

「お連れ様が、お呼びでございますが……」

「連れ……」

久江が途惑った声を出し、お千絵がいった。

「お兄様御夫婦じゃありませんの」

女中がつけ足した。

「菊の間にお泊りでございます」

「わかりました。すぐ参ります」

声が重かった。お千絵とるいへ向けた顔がみじめであった。

「お聞きの通りですので失礼致します」

立ち上ろうとして急に袖口を目に当てた。押し殺したようなすすり泣きが洩れてお千絵がどういったものかというふうにるいを見る。

久江が泣き声で訴えた。

「いつもそうなのです。旅に出た時くらい自分の好きにさせてくれたら……まるで召使のように……いえ、召使より悪いのです。息をする暇もないみたいで……」

「久江様……」

お千絵が制し、障子のむこうに気をくばった。女中はもう去ってしまったが、廊下のやや離れたあたりに人の気配があるのを、るいも気付いていた。立ち上って廊下へ出てみると明らかに女の影が突き当りの角をまがって消えた。

部屋へ戻ると、久江は懐紙《ふところがみ》で鼻をかみ、泣き濡れた目でるいとお千絵を等分に見た。

「どうぞ聞いて下さい。あの女は内心如夜叉《ないしんにょやしゃ》です。外面《そとづら》は良家のお内儀《かみ》さんに見えましょうけど、内身《なかみ》は鬼です。人でなしです」

声は低かったが、言葉は激しかった。

絶句している二人に同意を求めるように膝を進めた。

「私が嘘偽りを申し上げているとお思いにならないで下さい。奉公人はみな知って居ります。私があの家でどんな扱いを受けているか。二言目には出戻りの厄介者とののしられ、ぼんやりの役立たずと世間様にも言いふらします。それはその通りかも知れませんが、私は私なりにせい一杯働いて居ります。朝から晩まで奉公人と一緒に……それでも、あの女は気に入らないのです」

一度去った女中が戻って来た。

「こちら様のお連れが呼んで来るようにとおっしゃっているのですが……」

当惑げに催促する。

久江が無言で立ち上り、敷居ぎわにすわっている女中を突きのけるようにして走って行った。

「すみませんね。何度も厄介をかけて……」

と女中に会釈したのはるいで、お吉が立って来て障子を閉める。

「まあ、どういうんでしょうかねぇ。小泉屋さんといえば日本橋でも名の知れた扇問屋じゃありませんか。御本家は京で、何百年も続いた名家だって評判なのに……」

義憤にかられたといった恰好でお吉が憤慨し、お千絵がるいに訊いた。

「御存じでしたかしら、小泉屋さんのこと……」

「お店は知っていますけれど、御内情まではね」

「あの界隈では、よくも悪くも有名らしいのですよ」

「たしか、女主人でございますよね」

早速、口をはさんだのはお吉で、

「先代は京の御本家のほうから養子に来られたんだとか。一度、店にいなさるのを見かけましたけどお公卿《くげ》さん顔ってんですか、あんまり威勢のいいって人じゃありませんでしたよ。そういや、今度、御一緒の旦那も御養子さんみたいですね」

したり顔でいう。

「あちらは評判のいい方ですよ。御商売のほうも手固くやっていらっしゃるし、御町内とのおつき合いもそつがなくて。ですから、幸江様は良いお聟《むこ》様をひき当てたとよくいわれていらっしゃいますもの」

ただ惜しむらくは蒲柳《ほりゅう》の質《しつ》で冬はよく風邪をひいて熱を出すらしいとお千絵がいい、

「でしたら、居留地のバーンズ診療所へ行って……あいにく、うちの若先生は御留学中ですけど麻生宗太郎先生の弟さんの宗三郎先生がいらっしゃいますから診《み》ておもらいなすったら……」

例によってお吉が口角沫《こうかくあわ》を飛ばして、

「いい加減にしなさい。大きなお世話ですよ」

と、るいに叱られた。

翌日は箱根越えということで一行は早朝に宿を発った。

街道はすでにゆるやかだが上り坂になっていて、だんだんと傾斜が急になって行く。

湯本《ゆもと》の休み茶屋で一行の全員が杖を買った。

道は渓流沿いに開かれているが道幅は決して広いとはいえない。しかも途中から山道へ入った。

「権現《ごんげん》様の時分には、この道をお大名の行列が通ったんですかね」

一行の殿《しんがり》をつとめていた長助が嘆息《たんそく》まじりに呟き、すぐ前を歩いていたお吉が、

「長助親分、殿様になりたかったたってんでしょう」

息をはずませながら、からかった。

「冗談じゃねえ。こんな坂道をあっちへ揺られ、こっちへ揺られ、肝っ玉がでんぐり返りやしませんかね」

「殿様の駕籠《かご》かきはそんな下手なかつぎ方はするものですか」

「ですが、この急坂ですぜ。登りはそっくり返る、下《くだ》りはつんのめる、殿様だって楽じゃねえでしょう」

「まあ、その中《うち》、江戸へ帰ったら、宗太郎先生にでも訊いてみましょう」

「お吉さんよ、江戸じゃあねぇよ。東京ってんだよ」

「わかってますよ。だけど、好かないねぇ。なんで江戸じゃいけないのかねぇ。東京だなんて。唐辛子《とうがらし》と辣韮《らっきょう》がこんがらかったみたいじゃないの」

ぎゃあぎゃあとへらず口を叩いている中《うち》に前方に茶店がみえて来た。世話人がその一軒へ全員を導き入れ、

「この先は坂が続くのでここで一休みして参ります。足ごしらえなど充分、お気をつけ下さい」

と声をかけている。

店では茶や饅頭の他に素麺《そうめん》や雑煮《ぞうに》も出来ると聞いて早速、注文をする者もいた。るいとお千絵も自分達は饅頭を、長助とお吉にはその他に素麺を注文してやって奥の

縁台に腰を落付けると、その周辺は楓《かえで》の林に囲まれていて、今はまだ若葉が漸《ようや》く芽吹いたところだが、紅葉の季節はさぞかし美しかろうと思われる。

「やっぱり、山の中ですのね。東京とは風の匂いが違います」

るいと並んで湯呑茶碗を手にしたお千絵がさりげなく目まぜをした。

それはやはり茶店の奥まった所に陣取っている小泉屋一行で、五郎兵衛の女房、幸江が片足を畳敷きの上に投げ出すようにして久江にさすらせている。五郎兵衛のほうは女房のいうままに雑煮やら饅頭などの注文をし、自分は茶店の奥へ入って大きな湯呑に酒を注いでもらって銭を払い、壁ぎわで立ち飲みをしていた。

「いいんですかね。病身だって話なのに……」

お吉が目早くみつけてささやいたが、るいは返事をしなかった。ただ、胸の中に、この旅には出て来るのではなかったといった思いがかすめた。といって今更、どうすることも出来ない。

半刻ばかりの休憩の後、世話人である御師の岡本吉大夫が声をかけて一行は出発した。

前もって吉大夫がいったように、そこから先は坂が続いた。

さいかち坂に始まって樫《かし》の木《き》坂、猿すべり坂、銚子口《ちょうしぐち》坂、白水《しろみず》坂、権現坂と続いて漸く箱根の御関所へたどりついた時には正午をとっくに過ぎていた。

旧幕時代は東海道随一の御関所といわれ、庶民はもとより大名行列といえども御番所の通行改めなしには箱根越えが出来なかったのは、徳川幕府の江戸城に対する防衛の意味合いがあった故で、新政府の今となっては形ばかりで、通行人は関所見物といった気分であった。

「いい御時世になりましたな。昔は東から西へ出るには通行切手というものが入用でしたとか。それも男はよくて女だけ。何故かといえば、お大名の奥方様は殿様がお国許へお帰りになる時、一緒に行けない、つまり人質として江戸の、いや、東京のお屋敷へおいて行かなけりゃならなかったから、その取り締りのためでしたとさ」

岡本吉大夫が、一行の誰もが知っている話をもったいらしく披露したが全く反応がないとわかっていささか不満そうに歩いて行く。

もっとも、箱根越えはそこからの道中もひたすら山の中で上長坂《かみなが》、下長坂《しもなが》と寂しい道が続く。三つ屋を過ぎ一の山という所で小休憩となった。

初音屋《はつね》という茶店へ落付いて、るいがお千絵と一緒に奥の小座敷へ上ると後からお吉が走り込んで来て、

「なんですか、えらいことになったようで……」

という。そこへ長助が顔を出した。

「おくつろぎの所をあいすいませんが……」

一行の一人がはぐれたようだといわれて、るいとお千絵が顔を見合せた。

「いったい、どなたが……」

るいが訊ね、

「それが、嶋屋の旦那で……」

「長右衛門さんですか」

といったのはお千絵で、

「お内儀さんは……お仙さんはどうなの」

口調に、かつて八丁堀《はっちょうぼり》切っての名同心といわれた畝源三郎《げんざぶろう》の女房の名残りがのぞいた。

「へぇ、お仙さんは足を痛めたとかで、ちょうど三島からお関所まで客を送って来た駕籠屋がつかまりまして……」

どっちみち三島へ戻るのだからと、むしろ喜んで乗せて行ったという。

「御主人が駕籠について行ったってことはないのですか」

そいつはございません、と長助が断言した。

「あっしが駕籠を見送りまして世話人さんの所へ戻って来ました時、長右衛門旦那は中西屋の旦那と薬の話をしてなさいましたから……」

中西屋は旧幕時代から続いている薬種問屋で、かつては大名家にもお出入りをしていたほどの大店《おおだな》である。勿論、名のある医家からもさまざまの薬種の注文があるのが店の誇りであり、看板にもしている。

それだけに商法は旧態依然としていて、漢方の薬種だけに止まらず、西洋からの知識によって輸入される新しい薬品や医療器具などを積極的に扱い出した大坂屋にはかなり遅れを取っていると噂されてもいた。

いってみれば同じ町内にある同業者で商売敵《がたき》のような間柄だが、中西屋繁兵衛と大坂屋平八が犬猿の仲という風評もなく、二人をよく知る人々の間では、

「繁兵衛さんと平八さんでは親子ほども年齢が違う上にどちらかといえば繁兵衛さんは好々爺《こうこうや》だし、平八さんは何かといえばへり下って繁兵衛さんを立てている利口者だ。あれでは波風の立ちようがない」

といわれていたとお千絵が話し、それに力を得て長助は、今度の旅でも繁兵衛が最近、習い出したという俳諧の話をし、平八は熱心に聞いていた。で、話に熱中した二人もいつ長右衛門の姿が一行から見えなくなったかについては全く、気がつかなかったといっていると報告した。更に長助が、

「そう申せば長右衛門さんが私共の所へ来てお内儀さんが足を痛めたので駕籠に乗せ

たが何か良い薬でも持っていないだろうかとおっしゃいましたが、あいにくこれというものを所持して居りませず、三島まで行けばそうしたものを売っている店があろうし、その節は御一緒について行ってさし上げますと申しましたが……」

それからは大坂屋平八と一緒になったこともあり、嶋屋の女房は駕籠で行ったと聞いてもいたので心配はしなかったという。

「長右衛門さんとは一緒に行きなすったんじゃございませんでしたか」

長助が重ねて訊ね、平八が答えた。

「あちらは途中の茶店へ入って行かれてなにやら買い物でもなさるようでしたが……」

別に待っていてくれといわれたわけでもなかったし、一行の人々はまだ後からも来るのがわかってもいたので、そのまま歩き出してしまったと、少々、重い口調になった。

「あの折、待っていて一緒に参ればよかったかと思いますが……」

うつむいた平八を、繁兵衛がかばった。

「それはその通りだが、まさか、こんなことになるとは……」

街道は山路ではあったが一本道で脇に逸《そ》れる筈はない。

「まさか、けものみちのような所へ迷い込んだとか……」

繁兵衛が否定的な言い方をしたが、一行の人々の中には、そういうこともあるのではないかと気がついた者が少くなかった。

もしも、そうだとすれば、これから探しにひき返すのは容易ではない。

「あっしは少々、後戻りして様子を見て参ります。皆さんはこのまま一足先にお行きなすって下さい」

案内役の世話人もついていることだし、不都合はないからと長助が決め、

「では、信次郎を残して参りましょう。なんにしても、あまり無理をしないで……」

岡本吉大夫が同意したのは夕暮が近づいていたからであった。それでなくとも老人に女連れの一行の歩みは遅れがちだ。各々が勘定を払って、吉大夫が歩き出し、長助と信次郎に見送られて一行はぞろぞろと後に続く。しんがりはお千絵とるいとお吉で、

「くれぐれも気をつけて……江戸の町中《まちなか》ではないのですから暗くなったら、とんだことになりますよ」

こもごもに長助に注意して、何度もふり返りながら去って行くのを心配させまいとして長助は少々、ふんぞり返った恰好で手を振っている。

西の空は夕焼けて来て、鴉《からす》が二、三羽、飛んで行く。

「長右衛門さんにも困ったものですね。一人旅ならともかく自分勝手に歩き廻って講中の皆さんとはぐれてしまったら、迷惑をかけるくらいの分別はおありでしょう

に……」

お千絵が憤慨したが、るいは軽くうなずいただけで何もいわなかった。お吉のほうはいい加減、疲れ果てたらしくものをいうのも億劫そうについて来る。

三島の宿《しゅく》へ入ったのは夜になってからであった。「伊豆屋《いずや》」という宿《やど》に入り一行は各々の部屋へ引き取った。

「なんですか、先が思いやられますね」

お千絵が呟いて、るいは反射的にいいかけた名前をどたん場で変えた。

「こんな時に……麻太郎さんがいてくれたら……」

お千絵がちらとるいの表情を窺い、改めて調子を合わせた。

「麻太郎さん、まだ暫くはお帰りになれませんの」

イギリスに留学して二年が過ぎていた。

「宗太郎先生のお話ですとね、ただ箔《はく》づけのために行く人は一年でもいいそうですけど、麻太郎さんの場合は本気でお医者の学問に取り組んでいらしたのだから御自分で納得するまでは帰って来られないだろうとか」

「でもね、麻太郎さんは万人に秀れて頭脳明晰でいらっしゃるから、人が五年、十年かかって勉強するところを二、三年でやってのけるだろうって……」

「どなたが、そんなことを……」

「バーンズ診療所にいらっしゃる宗三郎先生がね。お兄様の宗太郎先生もバーンズ先生もきまってそうおっしゃるそうですよ」

「期待されていらっしゃるわけね」

「あちら、どんどんお父様に似て来られますよね」

すらりとお千絵がいってのけ、るいは視線を逸らせた。

お千絵のいった「麻太郎の父」が狸穴に住む神林通之進を指しているとはるいも承知していた。けれども、お千絵が無意識に口にした「どんどん似て来るお父様」が誰か、るいには推量出来た。

その人を子供の頃から知っていて、体つきも気性も、ちょっとした癖まで熟知している自分の眼には麻太郎の父が誰か知れないわけはなかった。知っていて口に出さないだけである。真実は自分の胸の奥にしまい込んで、あの世まで持って行く覚悟も出来ている。その上で、るいはこの頃の麻太郎が自分の内部で「麻太郎の父」のありし日の姿となっていた。麻太郎のためなら、自分の出来ることはなんでもしてやりたいと思うし、麻太郎の成長を見守っているだけで心の中に瑞々《みずみず》しいものが湧き上って来る。それで満足であった。

障子の外からお吉が声をかけ、返事をしそこねたるいの代りにお千絵が、

「はい、どうぞ」

と応じて、お吉が入って来た。

「やっぱり、長右衛門さんの行方は知れないそうですけどね。ちょいとばかり変なことを聞いて来ましたんです」

るいの返事も待たずに続けた。

「長右衛門さんのお内儀さんのお仙さんが足を痛めたんで駕籠に乗って行きましたでしょう。そのお仙さんがまだ着いてないっていうんですよ」

「そんな馬鹿な……」

思わず口走ったのはお千絵で、

「お関所のところで、ちょうど三島からお関所まで来たお客が下りて、その代りに三島へ戻る駕籠にお仙さんが乗って行ったのだから……」

人一人を乗せているにしても箱根界隈を縄張りにしている駕籠屋のことで、とっくに三島についていなければ可笑《おか》しい。

「お仙さんは今夜のお宿がどこかは知っているのでしょうね」

るいが訊ね、

「長助親分の話だと、御当人は道中の書きつけを持っている筈だし、駕籠屋には三島の伊豆屋へ着けてくれと長助も念を押したそうなのですよ」

お千絵が眉をひそめた。

そこへ遅れて長助と共に戻ってきた御師の手代の信次郎が来て、

「まことに申しかねますが宿のほうが皆様の晩餉《ばんげ》の支度も出来ているし、汁も冷《さ》めてしまうと案じて居りますので……。嶋屋さん御夫婦のことは手前共でまた調べまして、なんぞ判りましたら、すぐ御報告申します」

疲労と困惑がないまぜになった表情で伝えて行く。たしかにいくら考えていてもどうしようもないことなので、るいはお千絵とお吉を伴って大広間へ出ると小泉屋五郎兵衛、幸江の夫婦に、妹の久江、房州屋徳兵衛、会津屋惣右衛門、越前屋久七に薬種問屋の中西屋繁兵衛、大坂屋平八が揃って席に着くところであった。

女中が酒の注文を訊きに来たが、全員が断った。

「どうも、酒を飲む気分ではありませんな」

徳兵衛が吸物の椀の蓋を取りながら陰気な声でいったが相槌《あいづち》を打つ者もいない。

黙々と飯が終った時、女中が長助を呼びに来て、あたふたと出て行く姿を一行は途方に暮れて眺めた。しかも、すぐに戻って来ると、

「あいすいません。ちょっと皆さん、お寄りなすって下せえ」

両手でかき集めるような仕草をして一同を部屋の床の間寄りの場所へ導いた。

集められた人々が長助を囲み、息をつめるようにして見守る中で長助が低いが底力のある声で告げた。

「嶋屋のお内儀さんがみつかりました」

ええっと上った声を制して、

「この宿《しゅく》へ入る手前、河原川って川にかかる橋の下だそうで、あっしはこれから行って参ります。皆さんはおさわぎにならず飯を食ってお待ち下さい」

誰にも、口をはさませる暇も与えず敏捷《びんしょう》に出て行った。

人々の間に声が上ったのは長助の姿が消えてからで、

「なんということと……」

「いったい、何が……」

「冗談じゃありませんよ。旅に出たばかりで、こんなことに……」

いっせいに喚《わめ》き出した。

お千絵がるいに目くばせしてそっと座敷を出る。廊下にいた女中に、

「私達、部屋に戻りますので……」

と断って、すみやかにその場を去った。無言で廊下を通り、部屋へ入る。

火鉢の左右に座布団を持って行ってさし向かいにすわり、続いて戻って来たお吉がるいの背後にひかえる。

「驚きましたね。いくら私どもが八丁堀の者だからって、こんな災難に遭うとは……」

言葉とは裏腹に、お千絵の声にはどこか悪戯っぽい雰囲気がある。るいは相手にならず火鉢へ手をかざしてひっそりと考えた。

伊勢まいりに出かけたこの一行の中、嶋屋長右衛門が行方知れず、女房のお仙がこの宿場の手前の川に架る橋の下で発見されたというのは只事ではないと思う。

三島の宿に入る手前には確か川が二筋流れていた。宿場に近いほうが板橋で粗末ながら手すりがついていたが、もう一つは土橋であったように記憶している。

ちょうど夜具を敷くために入って来た女中に訊ねてみると宿場に近いのがかん川橋といって十九間ある板橋でそれより箱根側にあるのがかわら川で土橋であるといった。

「かん川橋は昨年、掛け変えたばかりだが、土橋は古いままで勿論、欄干《らんかん》はおろか手すりもないから馴れない者にとって夜は剣呑でございますよ。まあ、提灯《ちょうちん》をお持ちなら何ということもありませんし、在所の者は夜目がきくから平気で渡って参ります。ですが、不馴れな方ですと……」

いいさして黙ってしまったのは、この一行の誰かが川へ落ちたらしいというのを小耳にはさんでいたせいで、そそくさと仕事をすませて部屋を出て行った。

「落ちたんですかね、嶋屋のお内儀さん……」

お吉がるいの耳許でささやき、返事がないと知ると両手をこすり合せるようにしてうつむいた。

信次郎が部屋へ来たのはそれから間もなくのことで、

「お聞き及びとは存じますが、嶋屋のお仙さんがその先の川の中でみつかりまして近くの医者の家に運んだんですが、もう手遅れだとか。吉大夫とこちらの長助親分さんが今夜はお医者の家で通夜をして、夜があけたら東京の嶋屋さんのほうへ早飛脚《はやびきやく》で知らせるそうでございます」

逆上した声で告げ、

「それから、この先の旅につきまして吉大夫のほうから、出来ましたら、このまま続けて参りたいが皆様のお考えを明朝までにお聞かせ願いたいとのお願いでございました」

丁寧に頭を下げた。

一同が再び、広間に集められてから、房州屋徳兵衛が両隣に座っている会津屋惣右衛

門と越前屋久七にうなずいてみせたのは、あらかじめ、そういうこともあろうかと三人の間で相談が出来ていたらしく、

「実は会津屋さんと越前屋さんと先刻までその話をしていたのですがね。折角、思い立って出て来たことですし、嶋屋さん御夫婦にはお気の毒だが私共にはどうしようもない。世話人さんがこのまま旅を続けるというならそれでもよかろうと……」

「私どもは嫌でございますね」

切り裂くような声で遮ったのは小泉屋五郎兵衛の女房、幸江で、傍から慌てて制止しようとする亭主の手をふり払って前へしゃしゃり出た。

「こんな縁起でもない旅になっちまって、いったい、どうしてくれるんですか。講中に死人が出たんですよ。そんな穢《けが》れをしょってお詣りしたって御利益もなにもあったもんじゃない。かえって罰が当ったらどうします」

吉大夫がへどもどした。

「では、御参詣を中止なさると……」

「その場合、旅の経費《かかり》は返してくれるんでしょうね」

「それはその……上の者に申しまして……」

「そちらさんに納めただけじゃすみませんよ。旅に出るからにはそれなりの支度が要《い》

りますからね。旅支度、着るもの一切。知り合いからの御餞別だって色を添えてお返ししなけりゃなりません。第一、恥かしくて御近所に顔むけが出来やしない」

「幸江……」

たまりかねて五郎兵衛が袖を引こうとし、その手を幸江が平手で叩いた。

「貴方は黙ってお出でなさい。大体、こんなろくでもない旅に誘われたからといってほいほい出かけて来る貴方が軽はずみなんですよ。おまけに留守番をさせる筈の久江まで連れて行こうといい出して……。今更、中止になって帰って来たなんて御近所のもの笑いじゃないか」

徳兵衛が惣右衛門と久七へ目まぜをして立ち上り素早く部屋を出て行くと、幸江の矛先がお千絵へ向いた。

「和洋堂さんはどうなさいます」

「私どもは……」

ちらとるいをみて、お千絵はいつもと同じ口調で答えた。

「これから相談を致します。そちら様はどうぞ、よろしいように……」

幸江が何か言いかけようとする前に、

「おるい様、お吉さん、参りましょう」

颯爽という感じで出て行くのに、流石《さすが》の幸江も声をかけるきっかけがなかった。

「おるい様、ごめんなさい」

お千絵がるいに向って手を合せ、

「とんだ旅にお誘いしてしまいました」

るいの微笑はいつもと変らなかった。

「お千絵様のせいではありませんよ」

いわば成り行き、よくあることだと手を振ったるいの代りにお吉が立腹した。

「小泉屋というのはお江戸の頃からの老舗《しにせ》でございますよ。御先祖は権現様が江戸にお入りになった頃に京から来て店を出しただの、三代様から先はずっと幕府《おかみ》の御用を承っているとかいうのが大の御自慢ですけど、まあ、あのお内儀さんでは店が潰れるのも遠くはございませんね。家付娘だからって御主人をああ、ないがしろにする、妹さんはこき使う。自分の血を分けた妹じゃないんですよ。御主人の妹さんなのに……」

それは、るいも初耳であった。

「御主人の妹さんにしては、あちらのお内儀さん、遠慮がなさすぎませんか」

「遠慮もこそもあらばこそなのよ。お吉さん」

お千絵の口ぶりも容赦がなくなって、

「仮にも御主人の妹を、目ざわりだからとっとと嫁に行けって、まだ十五になったばかりだってのに信州へ嫁《とつ》がせたんですよ」

苦々しげにいいつけた。

「十五で信州ですか」

お吉が吐息と共に呟いたのは、自分もその年頃で嫁入りしたのを思い出したせいで、

「なにも、信州でなくたって……」

同意を求めるようにるいを見る。

るいが何をいう間もなくお千絵が続けた。

「それも御亭主は二廻《ふたまわ》りも年上で、おまけに病気持ちでしたっていいますよ。なにしろ、嫁入りして三年かそこらで御亭主に死なれ、子供もないからと戻されて、それっきり、あの家では女中扱い……気の毒だと思いますけど、他人が口出し出来ることでもないでしょう」

世が世ならと小さくお千絵が呟いてそれきり黙ってしまったのを見て、るいはお千絵の心中が理解出来た。

旧幕時代、江戸町奉行所で指折りの捕物名人と噂された畝源三郎の女房であった。

もし、夫が生きていたらその人望や豊かな人脈をもって、しいたげられている久江に

救いの手をさしのべることが出来るのではないかとお千絵は口惜しがっている。

江戸で名のある札差《ふださし》の娘に生まれ、この世に正義が行われるべく尽力して一生を終えた夫を誇りにしているお千絵にしてみたら、弱い者が理不尽に耐えているのをただ傍観しているだけの自分に腹が煮えるのだろうとるいは女にしては血の気の多い友人を姉が妹を見るように眺めていた。

翌日、一行は三島宿を発って西へ向った。

但し、人数は小泉屋五郎兵衛、女房、幸江に妹、久江。房州屋徳兵衛、会津屋惣右衛門、越前屋久七、中西屋繁兵衛、大坂屋平八、それにお千絵とるいに、お吉。長助が後始末に残ったから世話人の岡本吉大夫、手代の信次郎と合せて十三人となった。

この日の予定は世話人の心づもりで蒲原《かんばら》までおよそ九里余、箱根越えから遅れに遅れた日程を少しでも取り返そうという岡本吉大夫の意向に沿っての急ぎ旅になった。

そして、第三の事件は起った。

展開

一

三島の宿を出た時には、まずまずの晴天と見えた空が沼津《ぬまづ》を過ぎたあたりから薄雲が広がり出して風も出て来た。

「やっぱり、今年は少しおかしゅうございますよ。本来なら花だよりが聞えて来る頃だというのに……」

早速、お吉が口をとがらせ、お千絵が笑った。

「相変らず、お吉さんはせっかちね。ごらんなさいな。そこのお宅の庭じゃ、梅がやっとほころびかけたって具合ですよ」

たしかに街道沿いの農家の軒先に枝の伸びている白梅《はくばい》はせいぜい三分咲きだが、それを補うように香が漂って来る。

「梅が散って桜の出番が来るのが順でしょうが……」

「ですけれど、三月でございますよ。昔っから三月は桜、二月は梅。歌留多《かるた》はちゃんと、そうなって居ります」

「お吉」

るいが軽く制したのは、こういう話になると、とことん強情にいい張るお吉の癖を知っているからで、

「いい加減にしなさい。以前、麻太郎さんが教えて下さったでしょう。徳川様の世は旧暦《きゅうれき》、つまり昔の暦《こよみ》で、新政府になって新しい暦を使うようになった。ですから……最初の年は……」

「ええ、ええ、承知して居りますとも。あの時ほど、びっくり仰天したことはございませんでしたよ。師走《しわす》の三日が、いきなり元旦になっちまいましたでしょう。植木屋は門松《かどまつ》背負ってお得意先をかけ廻るし、餅屋は急な注文に仰天して夜通し、ぺったんこ、ぺったんこ、うちの板場《いたば》だっておせちが間に合わないってんで徹夜で黒豆煮たり、大根や人参のかつらむきを手伝ったり……」

「わかりましたよ。もう、あんたという人はつまらないことばっかり憶えている名人だから……お千絵さまが笑っていらっしゃいますよ」

叱っているるいの声に迫力がなくなったのは、その時の大さわぎが甦って来たからで、

「我が家も御同様でしたよ。そういえば、あの時は長助の年越蕎麦が除夜《じよや》の鐘《かね》ぎりぎりに届いて、結局、それが御雑煮《おぞうに》代りになりましたの」

となつかしそうにいうお千絵にうなずいている。

話がはずんだ分だけ道もはかどって、一行は原宿の先、吉原《よしわら》宿の「ひの木屋」という鰻《うなぎ》屋で午飯《ひるめし》となった。案内人である御師《おし》の岡本吉大夫の話によると、このあたりは新田《しんでん》が多く、そこで鰻を飼っている者が少くないという。また、

「ここから少々、街道を西へ参りますと左富士の名所がございます」

今は街道を西へ向って歩いていて、富士山は右方に眺められるが、或る所まで行くとそれが左手にみえるようになるといわれて早速、お吉が頬をふくらませた。

「そんな馬鹿な。富士のお山が歩き出しもしますまいに……」

「まあ、もう少しお待ち下さいまし。手前が嘘を申し上げたのではない証拠をごらんに入れます」

吉大夫が得意そうに一行を見渡しながら言う。が、それはたいしたものではなかった。

街道はやがてごく自然に大きく弧《こ》を描いたように右へまがり、その僅かな場所からは確かに富士山は左側に見える。

「なんてことはございませんよ。子供だましじゃありませんか」

お吉の声は人々の笑いにかき消され、るいがそっとお吉の耳許でささやいた。

「折角、案内人さんが皆さんを楽しませようとなすっていらっしゃるのに。あんたという人はどうして心尽しを無にするようなことばっかり口走るのか。いい年齢《とし》をして少しは気を使いなさい」

お吉が首をすくめ、さりげなくるいに肩を並べたお千絵が、

「いいじゃありませんか。旅に出た時ぐらい思いきり言いたいことを言わせておあげなさいな」

日頃は宿屋稼業でお客様に気を使いっぱなしなのだから、と、お吉をかばった。

勿論、るいの叱言《こごと》は吉大夫の手前、そうせざるを得なかったので、そのあたりはお千絵も、叱られたお吉も承知している。

やがて富士川であった。

東海道随一の早瀬といわれるだけあって川岸から眺めると川幅はかなりのものがあり、流れは急であちこちに白波《しらなみ》が上り轟々《ごうごう》と鳴り響く瀬音がすさまじい。

「それでも今日は晴天続きなので、まだましなんだそうですよ。上流のほうで雨でも降ったら、とてもじゃないが渡し舟なんぞ出せないそうで……」

一行の中の一人、大坂屋平八が懐中から袋を取り出して、その中の黄色の紙包みをるいへさし出した。

「船酔いに効く薬です。よろしかったら……」

るいが丁寧に頭を下げ、

「ありがとう存じます。ですが、私どもが出かけます際、知り合いが用意してくれましたので……」

帯の間から綴《つづ》れ織《おり》の袋を取り出すのを見て平八が合点した。

「そうでした。そちら様は狸穴《まみあな》の麻生先生の御親類でございましたね」

「宗太郎先生を御存じでしたか」

「手前共では、もう長いこと麻生先生の御用を承って居ります。御立派なお医者様で、大層な博識でいらっしゃいます。手前共もどのくらい教えを受けましたことか……」

「それはそれは……」

会釈をかわして、るいが自分の包みをお千絵とお吉に分けていると、平八は小泉屋五郎兵衛の妹の久江の傍へ行ってやはり船酔い止めの薬のことを話している。やはり、あの人は久江さんに好意を持っているようだとるいが微笑ましくみていると、五郎兵衛の女房の幸江が近づいて、いきなり久江の手から薬袋をひったくった。

「なにをなさる」

薬袋を久江に渡したばかりの平八が叫び、幸江はそれに対して馬鹿丁寧にお辞儀をした。

「御親切に、確かに頂戴致しましたよ」

ちょうど船頭が客に声をかけ、舟に乗り込ませはじめた時であった。

幸江が他の客をかき分けるようにして舟板を渡って行き、幸江の夫の五郎兵衛が困惑した表情で平八に頭を下げ、女房の後を追って行った。続いて久江が乗り、房州屋徳兵衛、会津屋惣右衛門、越前屋久七の還暦三人組が乗り、中西屋繁兵衛が続く。

最後に平八が、

「どうぞ、お先にお乗り下さい」

と、るい一行をうながして自分が殿《しんがり》をつとめた。

舟の中では誰も口をきかなかった。

気まずさの故もあったが、それより何より、富士川の流れのすさまじさに仰天していた。

船頭は一人が竿を、もう一人が櫂《かい》を使って巧みに舟を進めて行くが、それでもしばしば流れに押されて揺れ放題となる。

お吉がるいにしがみつき、念仏を称《とな》えはじめたが、誰も気にする余裕がなかった。

対岸に着いた時、るいもお千絵も袷許にぐっしょり汗をかいていた。

「板子《いたご》一枚下は地獄だとは、よくいったものだと思いました。まあ、怖しかったのなんの」

舟を下りた時は全く口がきけなくなっていたお吉が思い出したように喚き出したのは岩淵《いわぶち》の宿のとばくちにあった茶店に一行がへたり込み、茶の接待を受けてからのことで、男達は気つけ代りと称して冷酒を注文している。

「まあ、箱根越えが山の難所なら、富士川は川の難所でしょうか。私達、二つも難所を越えたことになるのですね」

二杯目の茶を土瓶から注ぎながらお千絵が呟き、ついでに思い出したといった調子で、

「おるい様、寄席《よせ》へいらしたことがありますか」

と訊いた。

「残念ながら……」

と首を振るのを見て、

「それじゃ、富士川の合戦《かっせん》の話は御存じありませんでしょうね」

少しばかり、がっかりした声でいう。

すぐ近くで茶碗酒を口にしていた平八が遠慮がちに、

「只今、和洋堂さんがおっしゃった富士川の合戦と申しますのは、平家《へいけ》の軍勢が水鳥の羽音に驚いて逃げ出したという物語ではございませんか」

と口をはさみ、講釈《こうしやく》好きのお千絵が俄然《がぜん》、張り切った。

「ええ、ええ、左様でございます。源平の昔、東国から攻め上って来た源氏《げんじ》の軍勢と、それを迎え討つ平家の軍勢が、この富士川で対峙《たいじ》した時、何に驚いたのか川べりに居た沢山の水鳥がいっせいに飛び立ったのを、平家の武士達がすわ、源氏が夜襲をかけて来たのかと慌てふためいて我先にと西へ逃げ走ったと、そこはもう講釈師の聞かせどころで、富士川って川の名前を憶えたのも、そのせいなんです。でもまあ、自分がそこを越えてお伊勢まいりに行こうとは夢にも思いませんでしたけど……」

袖を口許に当てて笑っているのを、

「流石、和洋堂さんはもの知りだ。おかげで、いい耳学問をさせてもらいましたよ」

如才なく小泉屋五郎兵衛が感心してみせる。

いずれにせよ、東海道随一の早瀬を越えて誰もがほっと一安心といったところで何となく足も軽く、まだ陽のある中《うち》に由比《ゆい》宿の藤《ふじ》屋という、この宿場では最も上等の旅籠《はたご》へ入った。

いつものように案内人の吉大夫が部屋割をして一行は各々、宿の女中に案内されて自分達の部屋へ行く。

るいとお千絵がちょっと困ったのは、御師の手代である信次郎が傍へ来て、

「申しわけありませんが、今夜も小泉屋さんの妹さんを御一緒に……」

といいかけて部屋を見廻し、あとの言葉を飲み込んでしまったことで、通されたのは六畳ひと間《ま》きりの部屋である。

るいとお千絵とお吉と女三人でも布団を敷くのがやっとの所へ、どうやったらもう一人分の夜具が敷けるのか信次郎にしても一目瞭然であった。で、

「少々お待ち下さいまし。吉大夫と相談して参りますので……」

あたふたと帳場《ちょうば》のほうへ姿を消した。その後を追うように出て行ったお吉が戻って来て、

「なんですか、どこの部屋もお客で一杯だそうで、余分の部屋がないような話なんでございますよ」

しかめっ面《つら》で報告する。

「小泉屋さんの部屋も六畳ひと間なんですか」

とお千絵が訊き、

「それが、あちら様のお部屋はどんなかと女中さんに聞きましたら、十畳ひと間なんだとか……」

それでも、小泉屋の女房、幸江が吉大夫を呼びつけて苦情をいっていたとお吉は忌々《いまいま》しそうにいう。

「外から見たところでは、大きな立派なお宿のようでしたけど、街道に何かがあって急に泊り客が増えたとかでしょうかね」

長年、宿屋商売をしていて、るいはそんな気の廻し方をしたが、それならそれで一行が到着した際、宿のほうから話がありそうなものであった。

慌しい足音が廊下を近づいて、開けたままになっていた部屋の入口に信次郎が顔を出した。

「申しわけございません。この先の薩埵峠《さったとうげ》で山崩れがありましたそうで道がふさがって通れません。そのため足止めされたお客様でどこの宿もごった返して居ります。吉大夫が宿のほうといろいろ話している最中で……ですが、正直の所、どうにもならない有様で……」

宿に入れただけで運が良かったのだといわれて一同は声を失った。

「明日はどうなるんです。私共は明日、薩埵峠を越えて行くのに……」

お千絵が訊いたが、それも当日にならなければ分らないという信次郎の返事であった。

「山が崩れたんじゃどうしようもありませんね」

お千絵が低声《こごえ》でるいにささやき、部屋のすみにおいてあった土瓶を取って来て茶を注いだ。

「ま、小泉屋の久江さんがこちらへ来るようなら四人で雑魚寝《ざこね》しましょう」

度胸のいい顔で笑い、るいもうなずいた。

「宿で足止めでよかったじゃありませんか。峠の途中だったら大変でしたよ」

そんな二人を眺めてお吉が大袈裟に嘆息した。

「全く、お二人様はなんでも良いほうにしかお考えなさらないので助かりますですよ。でも、こんな時、もしも……」

そこでお吉は自分の手で口を押え、用ありげに立って行った。

お千絵がるいを見、るいもお千絵に視線を合せた。二人共、今、お吉が口に出さなかった言葉の先がわかっている。

「まあ、あの世に逝《い》ってしまった人を頼みにしても仕方がありませんし、さりとて所帯持ちの伜をあてにするほど私達、老いぼれてもいませんよ。何があってもびくびくしない度胸ぐらいついてますもの」

娘の頃に戻ったような高飛車《たかびしや》な調子でお千絵がいってのけた時、廊下から障子越しに声がかかった。

「信次郎でございます。明日は峠越えがございますので少々、早立ちになろうかと存じます。何分よろしくお頼み申します」

お千絵が御苦労様と返事をするのを聞いて去った。障子を開けなかったのは女ばかりでくつろいでいるのに遠慮してのことらしい。

「あちら、お若いのによく気がつきますね」

洗っておいた三人分の足袋《たび》を部屋干しにするために戻って来たお吉が呟き、

「男前だから、気がもめるんでしょう」

とお千絵がからかっている。二人の口調が軽いのは、内輪ばかりのせいで、もし、ここに小泉屋の久江が加っていたら、こんなわけには行くまいとるいが思った時、お千絵がいった。

「小泉屋さんですけどね。どうして久江さんをお伴いになったんでしょう。最初、幸江さんの話では夫婦二人でとおっしゃっていましたのに……」

初耳だったのでるいは思わず問い返した。

「久江さんはいらっしゃらない筈でしたの」

「ええ、夫婦水入らずの旅によけいな者はついて行かないほうがよい。自分はそれほど気のきかない女ではないと久江さん自身の口から聞きました。ですから品川で顔を見た時はてっきり、見送りかと……」

僅かばかりためらってから、

「ここにはおるいさまとお吉さんだけだから申しますけれど、この旅に出かける少し前に銀座で久江さんとばったり会いましてね。あちらは幸江さん夫婦がお伊勢まいりに出かけるのをひどく喜んでいたんです。鬼のいない間にのんびり出来るとか、自分は大勢で連立って旅に出かけるのは真っ平だ。気を使うばっかりで景色も目に入りはしないなどと……」

「そんなことを……」

「久江さんの小泉屋さんでの立場は知っていましたから、ごもっともと思ったんですよ。ひどいことをいうようですけど、御町内では評判でしたもの。小姑の嫁いびりは珍らしくもないけれど、小泉屋さんは嫁さんが旦那の妹を大いびりにいびっている……」

口許に手を当てて眉をひそめた。

「それじゃ、どうして久江さんがついて来たんですか。鬼の居ない間に羽を伸ばそうって考えてる人が……」

るいの脇からお吉が膝を進め、お千絵が更に低声《こごえ》になった。

「お兄さんが……大坂屋さんを誘ったからですって……」

「大坂屋平八さんが行くからって何故、久江さんが……まさか、久江さんも大坂屋さんを好いているとでも……」

「しっ」

娘時代と同じ手付きでお千絵がるいの言葉を遮った。で、半信半疑でるいが念を押した。

「そうなんですか。あちらさん……」

「勘のいいおるい様にしては迂闊《うかつ》でしたね」

幼馴染の気やすさでお千絵が首をすくめ、るいは胸の内で指を折った。

小泉屋五郎兵衛の妹の久江が一度、嫁入りして夫と死別、子供がなかったこともあって婚家を出、兄の許に身を寄せているのは聞いていた。ただ、その兄は小泉屋の娘、幸江と夫婦になって聟養子の立場であった。

小泉屋の先代夫婦はどちらもすでに他界しているが、一人娘の幸江が親からの遺産をそっくり受け継いでいて、夫の五郎兵衛は奉公人同然、いや給金をもらっていないから奉公人以下だといわれているのも、るいは出入りの商人から耳にしたことがある。

小泉屋は扇問屋なので「かわせみ」とは無縁であるし、実際、この旅に出るまではつきあいもなかった。

人は各々、さまざまの事情を抱えて生きているというのは宿屋稼業の中で思い知らされていたけれども、江戸の頃から指折りの老舗である小泉屋のような大店も例外ではないとわかって、るいは自分が井の中の蛙《かわず》のような気分になった。

続いて自分を弁解すれば、町方同心《どうしん》の家に生まれ育ち、八丁堀という結界《けっかい》の中にあって家族や友人に恵まれ、ぬくぬくと歳月を越えて来た生涯は御一新《ごいっしん》という激動の時代にぶつかるまでは春の海の穏やかさであったと思う。それが明治の世になって……。

そこでるいの想念が切れたのは廊下にもの凄い足音がして、

「誰か……お医者を……」

と呼ぶ男の声が聞えたからであった。

るいが立ち上り、お千絵が腰を上げた。

廊下側の障子を開けたのはお吉で、

「なんでございます。こんな夜更けに……」

どっこいしょと敷居をまたいで出て行ったのが、あっという間に戻って来て、

「大坂屋さんが急に具合が悪くなったそうで、中西屋さんが近くにお医者はいないかと……」

お千絵が変な顔をした。

「大坂屋さんって平八さんでしょう。あの人の稼業は薬種問屋なのに……」

こんな場合なのにお吉が笑った。

「いやですよ。お千絵様、薬屋さんだって病気になることはありますよ」

「いいえ……薬をね。旅に出るのに船酔い止めの薬しか持たないなんて……」

「忘れたんじゃありませんか」

「でも……中西屋さんも薬種問屋ですよ。揃いも揃って薬屋さんが二人共、常備薬を持たずに旅に出るなんて……」

るいがお千絵のいわんとする所を先取りした。

「大坂屋さん、どこがお悪いの……」

「食べたものに当ったみたいです」

お吉が帯の間から袋をひっぱり出した。

「これをお飲みになって下さい。万病に効くって書いてありますから……」

さし出したのを、るいが押し返した。

「わたしはどこも悪くありませんよ」

続いてお千絵も手を振った。

「薬なら、わたしも持って来ました」

取り出したのは漆地《うるしじ》に三《み》ツ柏《がしわ》の家紋を金蒔絵《きんまきえ》にした印籠《いんろう》で、お千絵の夫、畝源三郎の愛用品であった。亡夫の形見の印籠を伊勢参宮に際して持って来たお千絵の気持を思って、るいは胸を熱くしたが、お千絵は馴れた手付きで印籠から銀色の小さな粒を取り出して口に含んでいる。それは江戸の頃から万病に薬効があるといわれる「ういらう」という生薬で武士も常に所持しているのがたしなみとされていた。

実をいうと、るいも同じような印籠を身につけていた。それは神林家の紋所である源氏車が描かれていて、やはり夫が所持していたが、るいが持っているのはそれではなくて夫が行方不明になってから、或る時、道具屋に注文して作らせたもので紐だけ朱色にしておいた。この旅に出る時、手荷物の中に一番先に入れたのだが、今はそれを取り出してお千絵に見せる気持はない。

そんなるいに代ってお吉が自慢らしく見せたのは「陀羅尼助丸《だらにすけがん》」という吉野山のほうの薬屋の名薬で、これも古くから江戸の人々の間でも評判になっている。

お千絵とお吉の薬くらべをるいはさりげなく無視した。

なにしろ、一行の中には薬種問屋の主人が二人も参加していて、中西屋のほうは漢方が主流だが、大坂屋は漢方薬の他に最近、かなり輸入されているらしい西洋の薬も扱っているらしいので、素人が下手なことを口に出して不快な思いをさせてはと配慮した故であった。それでなくとも、旅に出てから一行の中から嶋屋長右衛門が行方知れずになり、その女房のお仙は三島宿の手前で水死体で発見されている。もう、これ以上はといった思いが誰の胸にもある筈であった。

二

翌日は雨であった。

夜明けと共に降り出したのが朝になってどしゃ降りになり、遠く雷鳴まで聞えるという最悪の天候では、とても道中はおぼつかないと世話人の吉大夫が判断して、とりあえず旅立ちの刻限を延ばして様子を見ようという。

「なんてことでしょうね、朝っぱらから雷なんてお江戸じゃ聞いたこともありません。在所の雷様は昼夜分《わか》たず、ゴロゴロピカリをやらかすものなんですかね」

両手で耳を押えながら、お吉が空へ向って悪態をついたが、るいもお千絵も相手をしてやる気になれなかった。

朝飯が終った頃に吉大夫が部屋を廻って、

「この天気ではとても道中がなりませんし、御病人が出たこともありますので暫く、様子をみての上でに致しとう存じます」

と了解を取った。

「雨はいずれ上るでしょうけど、大坂屋さんの具合はどうなんですかね」

少しもじっとしていられないお吉が帳場へ様子を聞きに行ったが、戻って来た時は顔面蒼白《そうはく》で、

「とんでもないことになりましたよ。大坂屋さん、何か毒のあるものを口になすったみたいだと……」

るいの耳に口をあてていいつけた。

「まさか、そんな……」

反射的にるいは否定したが、お千絵はきびしい表情で、

「毒に当ったといって、何の毒かわかっているのですか。食べるもので毒といえば河豚《ふ》《ぐ》とか、茸類《きのこ》だけれど、勿論、河豚などは頂いていませんし、茸の類も、昨夜の御膳に

も、今朝のにもなかったと思いますよ。誰がいったのですか、大坂屋さんが毒に当ったなぞと……」

お吉へ訊いた。

「中西屋さんがおっしゃっています。ただの食当りにしてはおかしいと。でも、大坂屋さんは粕汁《かすじる》をひとくちすすっただけで、すぐ吐いてしまったので、お医者は命に別状はないとおっしゃったそうです」

流石に長年「かわせみ」に奉公していてさまざまの事件にかかわり合って来ただけに、こういうことになるとお吉はしゃんとしていた。で、るいが、

「毒物は粕汁に入っていたのですね」

と念を押すと、

「それは、今、お医者様が調べていますけど、大坂屋さんはお膳について一番に粕汁を召し上ったので、まだ御飯にも香の物にも手をつけていないとはっきりおっしゃっていましたです」

きっぱりした返事であった。

るいが黙り込み、お千絵とお吉も言葉を失った感じで、部屋の中はひっそりと音が消えた。

小半刻ばかりが過ぎた頃、女中の声がした。

誰かを案内して来る様子で、それが、るい達の部屋の前で止まった。

「ごめん下さいまし。こちらに神林《かみばやし》様はいらっしゃいましょうか」

思いがけず姓を呼ばれてるいは顔を上げた。

「神林は私でございますが……」

「お客様を御案内して参りましたが……」

一瞬、るいはお千絵と顔を見合せたが、すぐに自分で立って行き障子を開けた。

女中の背後に男が見えた。背が高く絣《かすり》の着物に小倉の袴《はかま》を着《つ》けている。無雑作《むぞうさ》に七三に分けた髪と日焼けした顔が目に入って、るいは一瞬、どこかで見たようなと思った。

が、思い出せない中《うち》にむこうから挨拶があった。

「おくつろぎの所を御無礼致します。手前は今大路宗二郎《いまおおじそうじろう》と申します」

さわやかな声が誰かにそっくりであった。

「あの……もしや、麻生《あそう》宗太郎様の……」

「弟です。兄と共に狸穴の方月館で働いている天野宗三郎は手前の弟に当ります」

るいの表情が柔かくなった。

「存じ上げて居ります。宗太郎先生には何かにつけて御厄介になっています」

まあ、どうぞお入り遊ばして、と、るいが勧め、宗二郎は一礼して部屋へ入った。

お吉は遠慮して廊下へ出、お千絵は部屋の下座へすわり直す。

「お耳に入ったと思いますけれど、こちら様は宗太郎先生の弟様。私の友人で古美術品を扱っていらっしゃる和洋堂の畝千絵様でございます」

るいに紹介されて、お千絵が三《み》ツ指《ゆび》を突いた。挨拶はそれで終って、早速、お千絵がどこか恥かし気な相手をしげしげと見た。

「御兄弟だけあって、宗太郎先生によく似ていらっしゃいますこと……」

「左様ですか……」

懐中から手拭を出して顔の汗を拭《ふ》きながら照れくさそうに応じた。

「兄は、兄弟の中では自分が一番、男前だと申すのが口癖です」

「まあ、しょってらっしゃること……」

お千絵が片手を振りながら廊下へ出て行ったのは、この宿の台所へ茶を取りに行ったお吉が戻って来たからで、

「あちら、宗太郎先生の弟御様でしたよ」

屈託のない声が筒抜けになった。

「よく、私どもがここに泊っているのがおわかりでしたのね」

気になっていたことを、るいが訊ね、宗二郎は、

「東京を出ます折に、兄からこちら様が伊勢講の方々と参宮に行かれたことを聞きまして、講中の泊る宿は決って居りますので宿場ごとに訊ねまして……」

案外、すぐに判ったと嬉しそうな顔をした。

持って来た風呂敷包みを解いて油紙の袋を出して、るいの前へおく。

「兄からことづかって来ました」

「宗太郎先生からは出かけます時、道中の用心にと貴重なお薬を頂戴しましたのに……」

「狸穴の、神林通之進どのから御注意を受けたそうですよ。あちらからどのような薬を持たせたかとお訊ねがあって、兄は得意満面で並べたてたところ、旅先でもっとも必要になるのは食べ当り、水当りに効く薬ではないのか。肝腎《かんじん》のものが入って居らぬとお叱りを受けたとか。手前が聞いても神林様のおっしゃる通りで、日頃、慎重で念には念を入れよと口癖のように申す兄にしては迂闊なことで、まことに申しわけございません」

るいはこの薬のために宗二郎が追って来たのかと恐縮したが、

「いいえ、そうではありません。実は手前共の乳母《うば》が年老いて暇を取り、只今は伊勢の松阪《まつさか》の実家へ帰って居ります。その伜《せがれ》が手前共の許で医学の修業をしているのですが、

この冬以来、乳母の具合がよろしくない、万一のことがあってはと知らせが参りまして、とりあえず伜を松阪へ発たせました。次いで、手前も、さし当って重篤な患者が居りませんので後を父の代からの高弟にまかせて旅立って来たのです。この薬はそのついでと申しては恐縮ですが兄からことづかったので、どうか気になさらないで下さい」

てきぱきと説明して、お吉が気をきかせて持って来た茶碗を受け取り、旨そうに飲んでいる。

なんとなく、るいは微笑ましくなった。

兄弟というのは不思議な所まで似ているものだと思う。

麻生宗太郎の母親の生家が旧幕時代までは幕府の典薬頭《てんやくのかみ》をつとめる今大路家という名門なのは知っていた。

先代の主、今大路成徳《せいとく》には二人の娘がいて、宗太郎の生母は長女の浜路《はまじ》であったが、まだ宗太郎の幼い中《うち》に病歿して、その後に浜路の妹の糸路《いとじ》が入り二児を儲けている。宗二郎、宗三郎の二人で、そもそも、宗太郎が麻生家へ養子に入った理由の中に、育ての母親の気持を考えて宗三郎に天野家を継がせたいと配慮したものがあった。

幸い、宗太郎は旗本《はたもと》、麻生源右衛門《げんえもん》の娘、七重《ななえ》と恋をして麻生家へ養子に入り、次男の宗二郎が母方の今大路家を継ぎ、宗三郎は父方の天野家を相続して八方無事におさまった。

なんにしても、三兄弟は仲がよく、各々が医師として当代屈指と評判が高い。

そうした事情は長年のつきあいでよく知っているつもりのるいであったが、宗太郎の二人の弟の中、宗二郎とはかけ違って今までに会ったことがなかった。

それにしては目の前にいる宗二郎に親近感が持てるのは、兄弟の人柄のせいかとおもう。

ふと気がつくと、庇《ひさし》に音を立てていた雨が止んでいた。

るいと同じようにそれを知ったらしいお吉が廊下へ出て中庭の空をのぞいた。

「雲が切れていますよ。明日はお天気になりそうですね」

無意識にるいは胸の中で指を折っていた。

由比の宿は東京から三十八里半と聞いている。

参宮の旅はまだ始まったばかりであった。

三

雨は上ったものの、その代りのように霧《きり》が出て来た。

宿の主人がやって来て話すのを聞けば、この先の薩埵峠で山崩れがあって今のところ通行不能の状態であるという。

また、一行の一人である大坂屋平八が食当《しょくあた》りらしいということもあって、案内人の岡本吉大夫は止むなくといった恰好で由比の藤屋へもう一晩、宿泊する旨を、手代の信次郎に一行の各部屋へ伝達させた。

もっとも、大坂屋平八の病状に関しては、事情を聞いた今大路宗二郎が容態を診《み》て、持参していた薬籠《やくろう》から幾種類かの薬種を取り出して調合し飲用させると間もなく腹痛がおさまり、

「どっちみち、今夜はここへ泊るのですから、ゆっくり休まれるのがよろしいでしょう」

宗二郎に勧められると安心して眠り込んだ。

それを見届けてから宗二郎がるい達の部屋へ来たのは、お千絵が迎えに行ったからで、宗二郎は女中に病人が目ざめて空腹を訴えた時のために薄い粥の用意を頼んで、少々、遠慮そうにお千絵について来た。

るい達の部屋には世話人の吉大夫が来ていて、

「只今、こちら様よりうかがいました。大坂屋さんの容態を診て下さいましたとか。

まことに有難う存じます」

と宗二郎に礼をいい、

「先生のお診立てでは、どんな具合でございましょうか。まさか毒物を口にされたわけではございますまいが……」

不安そうに問うた。

宗二郎は、あらかじめ、るいがお吉に用意させておいた平桶の水で手を洗い、やはり、るいがさし出した手拭を軽く会釈して受け取りながら、

「毒物を口にされたのでもなく、食当りでもありませんでした。この土地にお住いの吉川良庵《きつかわりようあん》先生が大坂屋さんの容態を診ておっしゃったように旅の疲労が重なった上に体を冷やしたのが原因で少々、胃が悲鳴を上げたとでも申すところで今のところ大事には到って居りません。二、三日は酒を慎しみ、腹八分目の食事を心がけられるよう申し上げて来ましたので御安堵下さい」

柔かな口調で説明した。

そんな所も、るいの知っている宗太郎と同じで、年齢に似ず苦労人といった印象を受ける。安心して吉大夫は部屋を出て行った。

宿の女中が味噌煮《みそに》うどんの用意が出来たと告げに来たのは、すっかり遅くなった午食《ひる》

の代りのようで、

「もし、御無礼でなかったら、こちらで私共と御一緒に……」

と勧めたるいの言葉に宗二郎は少年のような笑顔になった。

「よろしくお願い申します。実は手前が通された部屋は六畳間に男ばかり八人で、それこそ身動きがとれない有様なのです」

助かったと、ぼんのくぼに手をやって、あたふたと荷物を取りに立って行った宗二郎の後姿を見送って、るいとお千絵は思わず顔を見合せてしまう。

続いてお吉が茶をもらいに出て行って、戻って来た時は湯気を立てている味噌煮うどんの大鍋を下げた宗二郎がついて来た。

「まあまあ、殿方になんということを……」

お千絵が鍋敷きをお吉に渡し、その上に鍋がおさまって、給仕人はるいとお吉、お運びはお千絵と、女三人が手ぎわよく働いて宗二郎が嬉しそうに箸を取る。午食がすみやかに終ると、待っていたように御師の手代の信次郎がやって来て、

「まことに申しかねますが、天気が回復致しまして薩埵峠の山崩れもそれほどのことはなく、なんとか通行が出来ると知らせが参りました。今日の中《うち》に奥津《おきつ》まで入りたいと思いますので恐れ入りますが……」

支度の出来次第、ここを出発するという。

「そんなことをいっても、御病人はどうするんです。大坂屋さんは……」

お千絵がきびしい調子でいい、信次郎が首をすくめた。

「実は大坂屋さんのほうから、皆さんに迷惑をかけて心苦しいので、どうか先へ行ってもらいたいとお話がございました。御自分は体の具合をみて追って行けるようなら一足あとから参りますし、無理とわかったら東京へひき返す。勝手をさせてもらいたいと強くおっしゃいますので……」

吉大夫もそれ以上は世話人の立場でどうこうしろとはいえないといっているという。止むなくお千絵が代表して承知し、るいとお吉は身支度にかかった。

宿の帳場の前に勢揃えした一行は吉大夫を先達にしてぞろぞろと街道へ出る。

誰も口をきかず、黙々と歩いて行く道は右手に山が続き、左は大海原が広がっている。

薩埵峠の道は大勢の人夫が入っていて道普請の最中であった。

旅人は道のすみを一列になっておっかなびっくり越えて行く。

由比から二里十二丁で興津《おきつ》宿であった。

ここで泊るのかと思っていると、信次郎が廻って来て一人一人に、

「あいにく、宿がふさがって居りますそうで江尻《えじり》までお願い申します」

と触れて行く。

「江尻といえば、たしか三保《みほ》の松原《まつばら》が近い筈ですよ。道中記にはこの辺から富士の御山がよく見えると書いてありますけれど、この時刻ではどうしようもないですね」

お千絵が誰にいうともなく呟き、その声の届く所を歩きながら、るいにしても答える言葉がみつからない。

その日の泊りである江尻宿の清水《しみず》屋へ入った時は夜であった。

清水屋の入口に今大路宗二郎が待っていた。

宗二郎が一足先に宿を出発したのは知っていたが、先を急ぐ旅とわかっているので、よもや、ここで自分を待っているとは思わず近づいて行くと、

「おるい様は船はお乗りになったことがございますか」

と、だしぬけに訊く。

「大川のほとりに住んで居りますので川舟ならば……」

「いや、漁師の船です。海を行く船で、といって北前船ほどではありませんが、桑名《くわな》の渡し舟よりは頑丈に出来ています」

「申しわけありません。井の中の蛙です」

「たしかに揺れますし、乗り組んでいるのは荒くれ男ばかりですから、おるい様を乗

せるのにふさわしいとは言えませんが……」

相手の逡巡《しゅんじゅん》を見て、るいは思い当った。

「ひょっとして宗二郎様は清水港から船で伊勢へいらっしゃるのではございませんか」

宗二郎がぼんのくぼに手をやった。

「兄から聞かされていました。おるい様が無類《むるい》に勘がよいということは……」

「いいえ、まぐれ当りですよ」

改めて訊ねた。

「清水からお船で松阪へ……」

「鳥羽《とば》という港へ行く船がありました。漁師の船としては大きなもので遥か沖まで漕ぎ出します。櫓《ろ》の数も多く、その分、速い」

「乗っていらっしゃいますのね。鳥羽の港は松阪に近いのでしょう」

「ですが、手前としてはおるい様と……」

「私のことはおかまいなく。道中はお仲間と御一緒ですから、なんの心配もありませんし」

ふっと視線を伏せた宗二郎に、るいは言葉を続けた。

「お乳母様の御病状を案じてかけつけて行く貴方様の孝心に天が助け舟をおつかわ

しになったのですよ。一刻も早く、お乳母様の許《もと》へいらっしゃいまし。どれほど、貴方を待ち続けてお出ででしょう。貴方のお気持にしても羽があったら飛んで行きたいと……」

「おるい様……申しわけありません。兄から、くれぐれもお役に立てるよう旅のお供をするようにと……」

「その御斟酌《ごしんしゃく》は無用になさいませ。さあ早く、船が出てしまいますよ」

決然としたるいの声に、宗二郎が言った。

「お別れ申します。お詫びやら、お礼やらは次にお目にかかった時に……」

「御無事をお祈りしています。くれぐれもお大事に……」

「有難う存じます。おさらば……」

思い切って背を向け、地を蹴って走り去る宗二郎の後姿を、るいは目をうるませて見送った。

四

翌日、雨こそ降っていないが、空はどんよりと曇っていて、気温もこの旅に出て初めてのような肌寒さであった。

「春に三日の晴なしとはよくいったものだね。ちょっと陽気がよくなったと思えば忽《たちま》ち、冬に後戻りだ。皆さん、風邪をひかないように気をつけて……」

中西屋繁兵衛が一行のみんなに注意しながら黒縮緬《ちりめん》を袷《あわせ》に縫《ぬ》った衿巻《えりまき》を首にかけている。

「あちらは殿方にしては御用心のよいこと……」

と、るいに呟いたお千絵は浅黄《うすき》の縮緬の手拭《てぬぐい》を取り出し、それを見てお吉が荷物の中から似たような手拭を二本出し、一本をるいに渡した。どちらも祭の時のくばりものだが上質の木綿《もめん》の肌触りは悪くない。

この日は六里少々を歩いて岡部《おかべ》宿泊り、旅が漸く軌道に乗ったようで御師の岡本吉大夫の機嫌がよくなった。

むこうにみえるのが徳川家康を祭った東照大権現《とうしょうだいごんげん》の御社がある久能《くのう》山であるとか、府中《ふちゅう》宿の先の安倍《あべ》川の渡しでは、茶店で名物の安倍川餅を買い、一行にふるまったりしている。

それでも岡部宿へ入る手前には宇都谷《うつのや》峠の難所があって、予定していた亀甲《きっこう》屋という宿へたどりついた時は陽が西へ落ちかかっていた。

このあたりまで来ると一行も旅馴れして部屋割にも厄介なことはなく、湯に入る順番も一組ずつ前送りと決っていて、とやかくいう声も出ない。

るいとお千絵とお吉の三人は最初から一行の最後に湯を使うように決めていて、実際、そのほうがよけいな気を遣わなくてすむのでもあった。

「なんですか、寂しくなりましたね」

湯をすませて部屋へ戻ってから、お千絵がぽつんといった。

宗二郎が別れて行ったことかとるいは聞いていたのだが、お千絵が考えていたのは品川を発ってからの伊勢講の一行のことのようであった。

嶋屋長右衛門は行方知れず、その女房のお仙が不慮の死を遂げ、大坂屋平八が病のために脱落した。

るいとお吉は返事をせず、お千絵が続けた。

「折角のお伊勢まいりなのに、縁起でもないことが重なって……こんなことなら、おるい様をお誘いしなければよかった……」

「つまらないことをおっしゃらないで……」

故意に明るくるいは遮った。

「世の中、一寸先は闇というではありませんか。何があっても不思議ではないのは家にいようと旅に出ようと同じことですよ。くよくよしても仕方がない。雨の後、天は青なりという言葉がありますもの」

「雨の後、天は青ですか……そういえば、うちへ持ち込まれた掛け軸に書いてありました。源太郎が調べてくれましてね。どんなに長雨が続いても止《や》まないことはない、必ずお天気になるってこと。人間の人生もそれと同じだから、何があっても気を取り直して生きて行けって意味ですとか」

るいが微笑した。

「たしかに止まない雨はありませんものね」

「人の一生も同じだから、しっかりしろと何度、あの子にいわれたことか……」

「源太郎さん、司法試験というのに合格なさったのでしょう。お役人になられるのかしら」

「狸穴の方月館にいらっしゃる神林通之進様が、もし、独立するなら内務省《ないむしょう》とかに知り合いがいるのでとおっしゃって下さったのですけれど、あの子、弁護士になりたいのですって。今まで教えを受けて来た大内《おおうち》先生にもそう申し上げたというのです」

源太郎が現在、働いているのは法学者として高名な大内寅太郎《とらたろう》の事務所であった。

「源太郎さん、お母様に何も相談なさらないの」

「私になぞ、なんにもいいませんよ。この節は忙しいからと訪ねても来ませんしね。男の子なぞ産むものではないと骨身にしみて悟《さと》りましたよ。花世さんと結婚してからは梨《なし》のつぶて。目と鼻の先に住んでいて、たまには孫の顔をみせに来てもよさそうなものだのに……」

るいが幼馴染の友人の愚痴《ぐち》に、いたわりのこもった微笑《びしょう》をむけた。

「およしなさいませ。お千絵さんらしくないですよ。あちらが見せに連れていらっしゃる暇がないのなら、お千絵さんからお出かけになればいい」

「それは、おるいさまが姑になったことがないからおっしゃれる言葉なのですよ。別に花世さんが気に入らないわけではありませんけど、お嫁さんにとって姑というのは煙ったいもの、少くとも喧嘩をして小半日も経たないのに、けろりとしてお茶にしましょうなどとは無理でしょう」

苦笑したるいにつけ加えた。

「千春さんの場合はお嫁に出したほうだから、嫁姑というのとは違いますからね」

「でも、娘の嫁入り先に用もないのに出かけて行くのは遠慮しますよ」

ふっと顔を見合せて笑い出した。

「子供が親の手の上に載っているのはほんの僅《わず》かの時なのね。各々《おのおの》、伴侶《はんりょ》をみつけたら、さようならですか」

「みつかって幸せですよ。いくつになっても親にべったりでは困ります」

「結婚しなくとも、親にべったりしないで生きて行く人もありますからね」

「それはそれで、親の心配の種ですよ」

この部屋では三つ並べて敷いた布団の一番廊下側のところで、お吉が今にもひっくり返りそうなほど体をまげて居ねむりをしているのに気がついて、るいとお千絵は話を止めた。

五

天気が回復してからの旅は順調であった。

晴天が続くと気温も上って街道の左右に広がる畑には菜の花がまっ盛りになっている。

「天子様が江戸、いえ、東京にお移りになって世の中が落付いて来たせいでしょうか、田畑で働く人達の様子が明るく見えますね」

お千絵が嬉しそうにいったのは、旅に出てから次々と不祥事が続き滅入《めい》っていた自分の気持をひき立てようとしてのことで、それがわかっているるいは優しく同意を示したが、慌てて合点してみせたのはお吉だけで、他の人々はお千絵の話声が聞えなかったのか、聞いていなかったのか全くの無反応であった。

みんな疲れ切っているのだとるいは思った。

伊勢参宮の大義名分をかかげているが、本質的には物見遊山《ものみゆさん》の旅でもあった。

まして御一新以前は女が旅に出かけるのは格別のことでもない限り難かしかった。馬に乗るのは勿論、駕籠にしても限度がある。原則としては徒歩であった。親兄弟や然るべき者が同行していればまだしも、女だけの旅は周囲が反対したし、一人旅は論外であった。

第一、江戸から出る場合、箱根の関所が通行出来ない。

入《い》り鉄砲《でっぽう》に出女《でおんな》といわれているように、箱根の関所の取り締りの最たるものは江戸から出て行く女であり、江戸へ持ち込まれる銃器の類であった。

それは幕府が大名家の奥方を万一の謀反《むほん》に備えての人質として、大名が所領地へ帰る際、同行させず江戸の藩邸に残して行くよう義務づけた故で、大名とて人の子、隔年ごとの別居は夫婦の情愛において忍び難いものがあるのを承知の上での政策とされた。

箱根の関所で出女を取締るのは大名の奥方が身分を偽って通り抜けるのを防ぐためとされているが、現実的にはもともと江戸は新開地で極端なほど女が少かった。江戸の近在はおろか、諸国から仕事にあぶれた男が集って来るのに対して女はせいぜい女中奉公、それも江戸は大火事が多くて逃げ遅れた女が何十人も死んだなぞということが地方へ知らされると忽ち、江戸へ出よう、出そうという者の数が減少して慢性的な女不足が始まる。

そういったことどもをひっくるめて出女の改めがきびしいといわれていた。女が旅に出かけるには不都合な時代であったのだ。

時は明治。

女の旅は解禁となった。

堰止《せきと》められていた水の流れが切って落されたように女性の多くが旅に出たがったが、その理由として都合よく世間的にも納得させやすいのが信仰の旅で、なかでもお伊勢まいりといえば文句がつけにくい。

それまでにあった伊勢講に還暦の三人が参加し、続いて夫婦連れが二組、同行することになって最初の中《うち》こそ、

「誰それの家はよくよくの嬶天下《かかあてんか》だな。一年中、尻に敷かれているのに、とうとうお伊勢まいりまで女房に留守番しろといえねえんだから、情ねえというか、意気地がねえというか……」

仲間内で陰口を叩かれたものの、

「長年、苦労をかけたから、せめて伊勢まいりだけは一緒に行こうと御主人から声をかけられたなんて幸せを絵に画いたようなお内儀《かみ》さんですよ。なろうことなら、うちの娘もああいう御亭主と夫婦にさせたい」

町内中の女達が口を揃《そろ》え、すっかりいい気分になった大店《おおだな》の主人達の間で相談がまとまっての伊勢参宮であったと、るいはお千絵から聞いていた。

だが、今、るいの心を占めているのは、この旅はそんな浮き浮きしたものではなくて、然《しか》るべき人間が或《あ》る目的のために仕掛けた罠《わな》ではないかという疑惑であった。

もし、そうなら仕掛け人は誰なのか。

るいが誘いを受けたのはお千絵からであった。

あの日、お千絵はだしぬけに「かわせみ」へやって来て、のっけから、

「今日はお誘いに参りましたの」

といい、すぐに自分の知り合いである、和洋堂の常連客や日本橋界隈の旦那衆の間で伊勢まいりの計画があり、自分も誘いを受けたのだが、るいも一緒にどうかといった話を持ち出した。

最初は笑ってやりすごしたるいがお千絵の熱心さに負けてその気になったのは、たま

たま「かわせみ」が改築のために休業中であった故である。

あれは偶然だとるいは思っていた。

お千絵のつき合っている町内の旦那衆の間で伊勢まいりの相談がまとまった時、るいの周辺では「かわせみ」の改築が始まっていた。

実をいえば「かわせみ」の改築中、るいは狸穴の方月館の隣に住む神林通之進夫婦からこっちへ来て暮さないかと麻生宗太郎を通じて勧められていたし、この際、近くの湯治場《じば》へ出かけて休養する案もあった。

正直の所、るいはその気にならなかった。

通之進夫婦はるいにとっては義兄夫婦に当る。長年、敬愛する存在であり、信頼もしている。が、それとは別に自分とは身分が違うという観念があった。

旧幕時代、八丁堀の住人の中で与力《よりき》と同心では身分に格差があった。

与力はおおむね二百石取の旗本級で冠木門《かぶきもん》のある二、三百坪程度の土地を拝領し、式台《しきだい》付の玄関のある屋敷に住んでいる。

同心は与力の下に配属され、三十俵二人扶持《ぶち》、百坪程度の土地に木戸門がつく。

更にいえば与力は下々から殿様と呼ばれるが、同心は旦那であり、出仕する時の服装も与力は継上下《つぎかみしも》、同心は着流しに黒紋付《くろもんつき》の羽織《はおり》と決っていた。

なんにせよ、るいの父親は同心であり、その生涯には奉行直々にお賞《ほ》めの言葉を頂くほどの手柄を数多く上げているが、慣例として同心の家に生まれた者は一生、同心で与力になる例はないし、与力も亦《また》、終生、与力であった。

また、婚姻にしても、与力の家の者と同心の家の者が縁組をする例は皆無とはいえないまでも珍らしかった。

早い話が、るいにしても吟味方与力を兄に持つ神林東吾が定廻り同心の娘を女房にするまでには紆余曲折《うよきよくせつ》があり、八丁堀住人の常識からいえば所詮、無理と思われていた。

父親の急死をきっかけにるいが役宅を出て、同心の株を返上し、宿屋稼業を始めたのもそうした八丁堀の空気から逃れたい一心からでもあった。

そうしたるいに対してお千絵のほうは蔵前《くらまえ》の裕福な米問屋の娘であった。

旧幕時代、町奉行所配下の同心の俸禄《ほうろく》は御蔵米《おくらまい》から支給された。

御蔵米というのは全国にある天領《てんりよう》、即《すなわ》ち幕府の直轄地から産出する米のことで、それは浅草の蔵前にある幕府の御米蔵に運ばれ、直参である旗本や御家人はそこから身分に応じた扶持米を支給される習《ならわ》しであった。

町奉行所の配下の同心の俸禄も御蔵米取りで、あらかじめ決められた日に切米手形《きりまいてがた》を持参して自分の扶持分の米を受け取るのだが、何かと厄介なので多くは代理人を頼み、ついでに米問屋に売ってもらう一切をまかせる習慣が短日月《たんじつげつ》の中《うち》に定着した。

この代理業が札差《ふださし》と呼ばれる職業でもともとは蔵前の米問屋であった者が圧倒的に多かった。

江原《えはら》屋はそうした札差の一軒で、お千絵の父親である佐兵衛《さへえ》は八丁堀の同心を得意先にしていた。得意先の一軒が畝源三郎家であり、るいの亡父、庄司《しょうじ》源右衛門も同じく町奉行所の定廻り同心であったから江原屋を蔵宿に決めていた。

蔵宿とは武士が代理をさせている札差を指す言い方である。

つまり、るいとお千絵は、るいの父親が江原屋を蔵宿にしていた関係で子供の時分から友達として親しんで来たものであり、お千絵が畝源三郎と夫婦になったのも両家の間柄が蔵宿とそこに俸禄をまかせている札旦那という関係がそもそもであった。

江原屋佐兵衛は実直な人柄で、両親に先立たれ、男の一人暮しで何かと不自由な源三郎のために細やかな気遣いをし、源三郎も亦、佐兵衛に対して父親のような情愛を持っていた。

その佐兵衛が凶刃に斃《たお》れたのがきっかけで、一人娘のお千絵は紆余曲折あって、以前から想い合っていた畝源三郎と祝言を上げた。

ちなみに、その時の祝言の一切を仕切ったのが神林通之進であった。

源三郎とお千絵の間には源太郎、お千代《ちよ》と二人の子が誕生したが、御一新で世の中が混乱状態にあった時、麻生家は当主の源右衛門、娘の七重、孫の小太郎《こたろう》、それに奉公人のすべてが惨殺され、その事件を調べていた源三郎は上野の近くで馬上から短銃でねらい撃ちにされて落命した。

以来、お千絵は源太郎、お千代の二人の子を育て、今は和洋堂という古美術や骨董品の店を経営している。

長いもの思いから、るいが我に返ったのは、お千絵に肩を叩かれてであった。

「どうなさいましたの。おるい様、御気分でも秀れないのでは……」

慌てて、るいは表情をとりつくろった。

「いいえ、ちょっと大川端の家のことを考えていましたの。家の修理がどのくらい進んでいるか、嘉助は元気でいてくれるかしらなどと……」

「相変らず心配性ね。大丈夫ですよ。なにかあれば早飛脚《はやびきやく》、いいえ、この節は郵便とか何とかいうのでしたっけ。必ず知らせが来るでしょう。なにしろ文明開化の御時世ですものね」

笑われて、るいも笑顔を造《つく》った。

「昔者は文明開化が苦手でね」

「オッペケペ、オッペケペッポー、ペッポーポ」

お千絵が唇をとがらせ、一行の中から新しい笑いが起った。

「川上音二郎《かわかみおとじろう》っていう役者でしょう」

といったのは越前屋久七で、お千絵に、

「越前屋さんはごらんになりましたの」

と訊かれると慌てて手を振った。

「芝居は嫌いじゃありませんがね。ああいうのは若い者が見るんじゃありませんかね」

「信次郎さんはどうかね」

話の仲間に加わった房州屋徳兵衛が近くにいた信次郎に話を廻したが、返事がなかった。

それとなく、るいが眺めると信次郎は心ここにあらずといった面持で黙々と地をふみしめている。

天気の良さに助けられて旅は進んでいた。

その日の泊りは掛川《かけがわ》宿の「ねぢ金屋次郎右衛《かねやじろうえ》」で、本陣ではないが地元では由緒のある家柄とやらで家の造りは武家屋敷風でもある。もっとも、出迎えた番頭を始め奉公人の態度には鹿爪《しかつめ》らしいところがなく、物腰は柔かで行き届いたもてなしぶりでもあった。

案内人である御師の岡本吉大夫によると、

「こちらは今までに何度も伊勢講の皆様の御宿をお願い申して居ります。手前共にとりまして馴染の深い家でもございますので、なんぞ御用がおありでしたら御遠慮なくお申しつけ下さいまし」

といった間柄のようである。

常連客の中には終始、東海道を仕事がらみで往復している者が少くなく、

「御出発になった後、早急に知らせねばならぬことが起りました際には早飛脚をたてまして後を追いますが、その早飛脚が立ち寄る宿は決って居りまして、こちらはその一軒でもございます」

あらかじめ早飛脚は届ける相手の宿泊予定の店をめざして追って行き、めざす相手が何日に泊ったか、まだ到着していないかを突き止めて、追い越してしまった場合にはそこで待つ、まだだいぶ先なら足を早めるといった案配をするらしい。

「昔は大方が御武家様の御利用でございましたが、御一新後は御商売のための連絡にもよく使われて居ります」

と岡本吉大夫がいった通り「ねぢ金屋」にはこの一行を名指しての文が早飛脚によって届いていた。

名宛人は小泉屋五郎兵衛、差出人は京橋界隈を担当する町名主で田中金兵衛となっている。

だが、宿の番頭から渡された封書を開いた五郎兵衛が小さく声を上げ、みるみる中《うち》に顔面蒼白となった。

「どうなさいました。小泉屋さん」

と吉大夫が訊いたが、返事が咽喉《のど》に詰ったようで答えがない。

「どうなさいましたの。兄さん」

久江が五郎兵衛に近づいたのを、背後から五郎兵衛の女房の幸江が突きとばした。その手で五郎兵衛の持っている巻紙をひったくる。

茫然と突立っている五郎兵衛に久江がすがりついた。

「なにがあったのです。教えて」

「店が焼けた……」

ええっという声がそのあたりにいた人々の中から起った。

「焼けたって……いったい」

「火事ですか」

吉大夫が五郎兵衛に訊き、返事がないので、おそるおそる幸江に近寄ると、幸江は矢《や》庭《にわ》に手紙をひき裂いた。
「嘘だ。こんなもの大嘘ですよ」
びりびりと破かれて足許に落ちる手紙を信次郎が拾い出す。
集って来た人々は立ちすくんだまま、声を失っていた。
その中で、るいは見た。
五郎兵衛に抱きついている久江が誰もいない方角に顔をそむけるようにしている。
その顔に浮んでいるのは、笑い、であった。

六

翌日、慌しく小泉屋五郎兵衛、幸江の夫婦は掛川宿を発って東京へひき返したが、五郎兵衛の妹の久江だけは一行の許へ残った。

「何はともあれ、私達は一刻も早く東京へ帰らねばならないが、お前だけはせめて皆様と一緒に行きなさい。伊勢の大神様に今後のことをどうぞお頼み申しますと祈願をし、災厄払いのお祓《はら》いをして頂いて来ておくれ。足手纏《あしでまと》いでもありましょうが、皆様、どうぞよろしゅうお願い申し上げます」

と五郎兵衛が丁重に頭を下げ、世話役でもある御師の岡本吉大夫が、

「とんだ御災難で……何かの間違いであればよろしゅうございますが……くれぐれもお気をつけて……久江様のことは手前共が及ばずながら、しっかりお供をさせて頂きますので……」

と挨拶した。

で、一行は東と西に別れて各々に街道を歩き出した。

「なんですか、寂しくなりましたね」

お千絵が、るいと肩を並べるようにしてささやき、苦笑したるいの背後からお吉が空を仰いだ。

「ですが、天気がよくて助かりましたですよ。これで降られたら、陰々滅々《いんいんめつめつ》……」

「まあ、お吉さん、むずかしい言葉を御存知だこと。横町《よこちょう》の漢学の先生みたい……」

「よして下さいまし。いくら私だって陰々滅々ぐらい知っていますよ」

「羨しいこと。おるい様の所は皆さん、明るくって……」

「いいえ、のう天気なんでございます」

お千絵が笑い出し、るいも釣られて笑った。

それを見て、安心したようにお吉も大口を開けて笑っている。

世話人の手代をつとめている信次郎が三人に近づいた。この先の袋井宿《ふくろい》で午食《ひる》にするが、その前に近くの熊野権現でお祓いをしてもらうことになったので何分よろしくという挨拶である。無論、三人に異存はない。

「そりゃあそのほうがようございますよ」

信次郎が一行の他の人々に話をしているのを横目にみながらお吉がやや低声《こごえ》でいった。

「なにしろ、道中、縁起でもないことが重なりましたからね。この辺でお祓いでもしないとお伊勢さんに門前払いを食いますですよ」

るいが目くばせをしてお吉のお喋りを封じ、お千絵は下をむいて笑いをこらえている。

やがて見えて来た熊野権現は街道の右手に石の鳥居があり杉木立《すぎこだち》が社殿を取り巻くように聳《そび》えている。

参道の脇には流水があって人々はそこで手を清め、口をそそぐなどして神前にぬかずいた。

参詣をすませてからの一行の昼食はこの土地の名物のすっぽんか鰻かということになって、この際、体力をつけておこうと考える者はすっぽん鍋のほうへ吉大夫が案内し、鰻がよいほうは信次郎が店へ連れて行った。

るいとお千絵にお吉と三人は揃って鰻組《ぐみ》で、

「まあ、すっぽんといえば亀でございましょう。よくもまあ、あんなものを食べる気になりますね」

と呟いているお吉を、

「でも、長生きするそうですよ。鶴は千年、亀は万年というんですから……」

お千絵がからかっている。

この日、なんのかのと昼飯に手間どったこともあって予定されていた浜松宿《はままつ》へ入ったのは旧幕時代でいえば暮れ六つ過ぎ、太陽はすでに西へ沈み、あたりは足許が見えにくいほど暗くなっていた。

もっとも、町自体は御一新前まで井上河内守《いのうえかわちのかみ》の御城下で数千軒の商家で賑っていた面影が残っていて建ち並ぶ宿にも風格がある。

「湊屋《みなとや》」という宿へ落ついて一行の話題はやはり今日、越えて来た大天龍《てんりゅう》、小天龍の名だたる大河の渡しで、幸い、このところ上流の地方も上天気が続いたそうで川幅は広いが流れはそれほどでもなく、渡し舟の船頭が、

「皆様は御運が強い。この川はそもそも信州諏訪湖《しんしゅうすわこ》を源として信濃《しなの》、三河《みかわ》の両国を流れ下って参ります故、途中には曲がりくねった難所が数多くございます。それ故、大雨でも降った日には忽ち大洪水となりまして川べりの村々を押し流します。別名を暴れ天

龍と申しますとか。よくよく御精進《ごしょうじん》のよい御方ばかりとお見受け申します」

などと世辞をいい、一行の男達は顔を見合せて苦笑しながら渡って来た。

御精進がよいといわれても房州屋徳兵衛、会津屋惣右衛門、越前屋久七の三人は揃って還暦だし、御師の岡本吉大夫は五十ちょうど、まあ若いといえば、手代の信次郎と大坂屋平八だが、二人の中《うち》、大坂屋平八は由比宿で発病し、体調が戻った上で追いかけて来ることになっているものの、まだ、姿を見せてはいない。

「東京からここまで、およそ六十五里だそうですよ」

宿の部屋に落付いてから、お千絵が道中記を広げて一人言のように呟き、手荷物を片付けていたお吉がすぐ反応した。

「そうしますと、お伊勢様までは、あとどのくらいございますんですか」

「ここに書いてあるのだと宮《みや》宿までが……宮というのは尾張《おわり》様のお膝下で熱田大明神《あつただいみょうじん》の御社《おやしろ》がある所のようですけどそこまでの間にも途中に浜名《はまな》湖を渡るのに舟で海上一里とあるし……」

「また舟で……」

「もう一つありますよ。宮から桑名まで七里の舟渡しとか……」

お吉が沈黙し、お千絵はせっせと指を折っていたが、

「舟を別にしても二十里以上はあるみたい……」

また最初から数え直している。かと思うと、

「おるい様、たしか、桑名の名物は焼蛤《やきはまぐり》じゃございませんこと……」

娘の頃と同じような口調で訊く。

「お好きですか。蛤が……」

「名物に旨いものなしっていいますけれど……」

「では、桑名に着いたら、ためしてみましょう」

「まあ、嬉しい」

笑い合った二人の間にお吉が割り込んだ。

「桑名からお伊勢様までは近いんですか」

お千絵が手許の覚え書を眺めた。

「桑名の先の四日《よっか》市《いち》から追分《おいわけ》へ出て、そこから伊勢参宮道を行くようですよ。おおよそ十五、六里ってところかしら」

がっくりしたお吉の肩を軽く叩いた。

「もう一息ですよ。念願のお伊勢まいりじゃありませんか。きっと御利益《りやく》がありますよ」

宿の女中が大広間に飯の支度が出来たと知らせに来て、女三人は威勢よく立ち上った。

七

それからの一行の旅は順調であった。

天候に恵まれたこともあり、御師の岡本吉大夫が今までの遅れを取り戻そうと意識して道中を急がせた故で、舞坂《まいさか》、新居《あらい》、白須賀《しらすか》、二川《ふたがわ》、吉田、御油《ごゆ》の六宿場を一日で通りすぎ赤坂の西上屋《にしがみ》にたどりついた時は一行の誰も口がきけないほど疲れ切っていた。

晩飯が終って部屋へ戻るとお千絵が早速、帯をほどきはじめ、ためらいながらも、るいは足袋《たび》だけ脱いだ。早速、洗いものに立とうとしたお吉に、

「今日はいいから……」

と声をかけたのは、余分の足袋を充分に用意して来ているのに、お吉は長年の習慣でその日の汚れものはその日にすませようとする癖があったからである。

流石《さすが》にお吉もほっとしたようでおずおずとそのまま座り込む。

廊下を男達がなにやら話し合いながら通って行く声が聞え、お千絵が、

「おやまあ、いい年齢《とし》をして皆さん、冷やかしにお出かけですか」

と呟いた。それだけでるいにも通じたのは、宿についていて早々に、宿の女中に一足先に到着した客が、ここは昔から遊廓《ゆうかく》があって各々の店の前に妓《おんな》が並んで客を迎え、客はよりどりみどりで相手を選らぶというのは本当か、などと高声で訊ねているのを小耳にはさんでいたからであった。

「おるい様、御存じですか。吉田通れば二階から招く、しかも鹿の子の振袖がとやらいう流行《はや》り歌……」

お千絵にささやかれて、るいは、その俗謡に唄われている吉田がこのあたりの宿場のことだったのかと合点した。

「でも、あれは御一新前の話でしょう」

うっかりいってしまって、るいは自分で笑い出した。

「変りませんものね、昔も今も……」

東京にしたところで江戸の頃、全盛を極め、芝居にもなっている吉原《よしわら》の繁昌は今もたいして変っていないと聞いていた。

「ここらあたりですから、お客は旅の人とか、せいぜい近在の若い衆なんでしょうね」

そういえば、以前、飯盛女《めしもりおんな》という名目で旅宿に妓を呼ぶ風習があったとお千絵は笑いながらいった。

「男の人って、本当に困ったさんですよね」

その夜の話はそこまでであった。

例によってお吉が座ったまま居ねむりをしているのに気づいて、るいもお千絵も慌てて寝支度をし、各々の布団に横になった。

が、翌日、三人がいつものように広間へ朝飯に出て行くと、宿の主人らしい初老の男と吉大夫を囲んで何人かが険悪な表情でなにやら話している。

早速、お吉が信次郎に近づいて訊ねていたが、すぐに戻って来て、

「あきれて、ものもいえませんですよ。いい年齢をして女のことで揉めてるんです」

飯盛女を呼んでその揚《あ》げ代《だい》が法外だと苦情をいった所、女について来た男から脅されて、ややこしい騒ぎになっているらしい。

「ついて来た男ってのが妓の紐かなんぞですかね。倶梨伽羅紋々《くりからもんもん》の入れ墨をみせびらかして凄《すご》んでるんです」

傍へ行かないほうがよいとお吉がるいとお千絵を押すようにして部屋へ入った。

「いったい、誰がそんな馬鹿なことをしでかしたんです」

お千絵が早速、お吉に訊ね、

「越前屋の旦那ですって……」

苦が虫を嚙みつぶしたような顔で返事が戻って来た。

「越前屋さんって、あちらは今年、還暦ですよ」

お千絵が眉をひそめ、

「なにかの間違いじゃありませんの」

といったが、その言葉が終らない中《うち》に信次郎が来た。

「申しわけございません。只今、話し合いがつきましたんで、もう少々、お待ち下さいまし。すぐ、お発ち出来ますよう、そのままで……」

あたふたと背をむけて出て行った。

「話し合いって、お金ですかね」

お吉が呟くのを、るいは自分の口に一本の指を立てて制止した。

「よけいなことはいわないで……世話人さんのいう通りにしていましょう」

肩で大きく息をしたのはお千絵で、

「なんて人でしょう。折角、お祓いをして頂いたというのに、当人の心がけが悪いんじゃ神様だって助けては下さいませんよ」

袂《たもと》を取って自分の胸許を扇《あお》いだ。

越前屋久七が信次郎に伴われて出て来たのは、一行が朝飯をすませ、宿の玄関に勢揃

いした時で、

「どうもお待たせ申しまして、あいすみません」

と挨拶したのは信次郎で、久七のほうは面目なげに頭を下げただけで、そそくさと草《わら》鞋《じ》の紐を結んでいる。で、一行の人々も何もいわず、前後して宿を出発した。

誰も口が重く、その分だけ道がはかどって、藤川、岡崎、池鯉鮒《ちりふ》、鳴海《なるみ》と四宿を歩き切って陽の落ちる前に宮の宿場へ着いた。

翌朝は早立ちで桑名へ渡す一番の舟に乗り込んだ。

宮から桑名まで海上七里の船旅は木曾《きそ》川の河口に当るので、上流に水が出れば流れが激しくなり舟の揺れもかなりのものになる。

昔は客があれば昼夜いつでも舟を出したが、由井正雪の事件があってからは昼七ツ(午後四時)を過ぎると禁止されたという。

この節も昔通りに、朝はおよそ四時、夕方も四時を最後に宮から桑名への便が出ることになっている。

勿論、海が荒れれば中止になるし、客が一人もなければ舟を出すことはない。

舟の大きさからすると三、四十人は乗せられそうで、北前船には余程劣るが、漁師の舟から見れば堂々たる姿であった。

幸い、るい達の一行の乗り込んだ日は晴天で風がなく、この分なら船酔いをおこす客はあるまいと吉大夫は安心していたようだが、一番に具合の悪くなったのが手代の信次郎で、続いて房州屋徳兵衛が青い顔をして横になってしまった。

るいとお千絵にしても、あまりいい気分ではなかったが、二人があっけにとられたのはお吉が大声で般若波羅蜜多心経《はんにやはらみつたしんぎよう》を称え出したからで、お千絵は勿論、長年、一緒に暮して来たるいにしてもこんなことは初めてであった。お吉のほうはまわりに目もくれず、合掌し一心不乱に読誦《どくじゆ》し終ると、

「さあ、もうこれで大丈夫でございますよ。お釈迦《しやか》様がお守り下さってますから、皆さん御無事に桑名へ着きますです」

もったいぶった顔で断言した。

るいとお千絵は下を向き、他の人々は茫然自失といった様相で、誰一人、口を開く者はいない。

しんと鎮まり返った舟の上では帆《は》が風を受けてうなりを上げ、船端《ふなばた》に波のぶつかる音が響くだけであった。

幸いというべきか、そのあたりから風の当りがやや弱まって来た。やがて、前方に桑名の湊が見えて来て人々の表情が元に戻った。

船頭が大声で船子を指揮し、舟を岸へ寄せて行く。岸のほうにも屈強の男達が待ちかまえていて、馴れた手つきで舟から投げられた綱を手ぐって岸に設けられた頑丈そうな杭に結びつける。

岸と舟との間に渡り板が掛けられて、客はぞろぞろと岸へ上った。

「驚きましたね。まだ足がふらふらしますよ。まるで地面が動いているみたい」

お千絵が派手な声を上げ、その周囲の人々も異口同音《いくどうおん》に、全くだ、とか、ころばないように気をつけろなどと呼び合っている。

湊から街道へ続く道の両側には茶店《ちゃみせ》が並んでいた。

上陸した客の大方がそれらの一軒に入って茶を飲んだり、煙草を一服したりしているのは舟渡しの緊張を解きほぐすためで、るいの一行も吉大夫に案内されて緋毛氈《ひもうせん》の掛かっている縁台に落付いた。

「やっとここまで来ましたね」

お吉から渡された湯呑《ゆのみ》を手にして、るいがあたりを眺め、お千絵が急に立ち上って店の奥へ行った。戻って来た時は両手にお盆を持っていて、その上の皿には焼き立てらしい蛤がいくつも載《の》っている。

「お吉さん、いらっしゃい。熱い中《うち》に頂きましょう」

その声で廻《まわ》りの人々が我も我もと赤い前掛《まえかけ》を着けて注文を聞いている娘を呼んで、茶店の中は急に賑《にぎ》やかになった。なかには昼間から酒を注文する者もいる。

「今日はこれから四日市、追分と参りまして、お伊勢様の参宮道へ入ります。そこまでがおよそ四里でございまして、今夜の泊りは予定通り、松阪になりますので……」

と吉大夫が一行の男達に触れ廻っているのは、調子に乗って大酒を飲まないよう牽制している心算《つもり》らしい。

それでも昼酒は結構効くらしく吉大夫に追い立てられて街道へ出て来た者の大方が千鳥足《ちどりあし》で、一行が助けられたり、助けたりで漸く松阪に着き、翌日は釆女屋《うねめ》という伊勢参宮の客だけを泊める家へ草鞋を脱いだ。

ここは岡本吉大夫のような伊勢講の御師が伊勢参りの客を伴って利用する常宿とのことで、客の留守宅からの手紙やさまざまの連絡の多くが釆女屋を宛先にして送られるようになっている。

実際、一行が到着すると早速、信次郎が宿の主人から渡された包みを持って来て宛名の客に手渡した。

その中に、るい宛のが二通、お千絵宛のが一通あった。

先に受け取ったお千絵が差出人の名前を見て封を切りながら、

「源太郎からですよ。まあ、相変らず味もそっけもない。店にも家族にも異常はなく至って平穏無事だと……でもまあ、それが一番ですけれど……」

嬉しそうにいいかけた声が止ったのは、やはり同じように自分宛の手紙を開いたるいが声にならないような声を上げ、手紙を胸に抱きしめたせいであった。

「おるい様、どうなさったの」

と問いかけたお千絵に、るいは手紙をさし出しながら答えた。

「麻太郎さんが帰って来ましたの。それで、まっすぐ伊勢へ……」

「なんですって……」

およそ、日頃のるいらしくない動転ぶりにお千絵は慌しく渡された手紙を読んだ。

それは神林通之進からるいにあてたものであり、英国《イギリス》へ留学していた麻太郎が帰国して横浜へ着いたが、迎えに出た通之進夫婦や麻生宗太郎から、るいが伊勢参宮へ出かけていると聞くと、それなら自分もお礼まいりに行って来ると、そのまま、大阪へ向う船に乗って行ったこと。るいの日程からしておそらく松阪あたりで追いつくであろうし、宿の名などは教えてあるので、そのつもりで待っていてやって欲しい。また、こちらに一度戻ってきた長助が供について行ったので心配はあるまいが、何分《なにぶん》、長途《ちょうと》の旅から帰ったばかりなのでよろしくと、まるで幼い子供の世話を頼むような文面に親の情愛があふれている。

「おるいさま……」

読み終った手紙をるいへ返しながらお千絵はしみじみといった。

「通之進様にとって麻太郎さんは本当に我が子なのですね」

るいも同じ想いであった。

「あちらの奥様、香苗《かなえ》様が、麻太郎さんは自分が産んだような気がするとおっしゃったことがあるそうですよ」

それを、るいに伝えたのは、通之進の弟であり、麻太郎の真実の父であったとるいはお千絵に打ちあけた。

「おるい様は、どう思われましたの。その時……」

おそるおそる訊いたお千絵に、るいは明るい微笑で答えた。

「私には千春が居ますもの。麻太郎さんは千春の兄さんですし、かわせみを我が家のように思ってくれています。充分、幸せですよ」

実際、それは正直な気持であった。

お千絵がるいをみつめ、静かにうなずいた。

「そうですね。私もそう思うようにしています」

洗濯に出かけていたお吉が部屋へ戻って来て、二人の話はそこで終ったが、その夜、るいはお千絵と布団を並べて横になってから、なんとなく昔のことを思い出していた。お千絵とは子供の頃からの友達で、おたがいの家庭の事情も家族のこともよくわかっている。

るいが町奉行所の定廻《じょうまわ》り同心の家に生まれ育ったのに対して、お千絵の生家は蔵前の札差江原屋といった。共通しているのは、どちらも両親を比較的早くになくしていたことだが、とりわけお千絵の場合は父親が店先で蔵宿師と対談方の争いを止めに入った結果、斬られて死んだ。

しかし、その後、以前から父親と昵懇《じっこん》であった畝源三郎と夫婦になり、一男一女に恵まれ幸せな日々を過していた。それが突然、ぶち切られたのは御一新も間近かという時、或る探索のため、上野の天王寺《てんのうじ》沿いの道を歩いていた源三郎が疾駆して来た馬に踏み殺されそうになった七歳と五歳の姉弟を助けた際、馬上から短銃で撃たれて歿《なくな》った。

あれが、もし旧幕時代ならば、町方は全力を挙げて犯人の捜査に当ったに違いない。

不運の一つは、新政府によって町奉行所の代りに設立された市政裁判所はまだ民間の事件捜査まで手が廻らず、結局うやむやの中に終ってしまったことである。家族にとって、これほど無念なことはあるまいと、るいは改めて思った。

勿論、現在、内務省の中に設置されている司法警察は犯罪捜査を任務の一つとしているが、幕末に起った市井《しせい》の事件まで溯《さかのぼ》ってはとても手が及ばない。おそらくそれらの大半が迷宮入り《めいきゅうい》りで終る可能性は充分であった。

が、家族の思いは、それではすまない。故人と深いつながりのあった者の気持も同様であろう。

仰《あお》むけに体を横たえ、暗い天井を仰いで、るいは自分の横に、背をむけるようにして眠っている友人の心中を考えていた。

お千絵と畝源三郎とは相思相愛の夫婦であった。二人の間には源太郎とお千代の兄妹が誕生して、源太郎は麻生家の花世を妻に迎え、当人は法学者、大内寅太郎の事務所で働いているし、お千代は母の経営している古美術店、和洋堂の切り盛りをして立派に母親の代理がつとめられるほどになっていた。

夫の忘れ形見である二人の子がどちらも一人前になって親の役目はほぼ終ったという時期になって、お千絵が自分にやり残したことがないか、この世に心残りはとふり返った時、そこに見えて来るものに思い当って、るいは心が慄《ふる》えた。

まさか、と思う。

新政府になって、敵討《かたきうち》は禁止されたと聞いている。殺人は司法によって裁かれるもので、個々に怨みを晴そうとすれば私闘《しとう》となってそれなりの罰を受ける。

だが、それでかけがえのない者を無法に失った怒りや悲しみが帳消しになるものかどうか。

長いつきあいで、るいはお千絵の性格を知っていた。みかけはおとなしやかで、どこか心細いような所がある反面、芯が強かった。思いつめるととことんまで突っ走る。

そうなった時のお千絵は誰がなんといっても考えを翻すことはなかった。

万に一つ、お千絵が夫の怨《うら》みを晴らしたいと思ったら、まず、敵が誰かから取りかからねばならない。

源三郎を撃ち殺した人物の正体はわかっていなかった。あの時代、役人の取調べは極めてずさんなものであったし、町奉行所自体が崩壊してしまった時期では同僚を殺した犯人を追及しようとする者もなかったに違いない。仮にあるとしたら、その人物は源三郎の股肱《ここう》の臣とでもいうように、常に生死を共にし、苦楽を分け合ってそれを生甲斐としていた男。

その名に行き当った時、るいは自分の心臓を誰かに鷲づかみにされたような衝撃を受けた。

お千絵が自分を今度の旅に誘った時、すでに長助は一行の中に加わっていた。

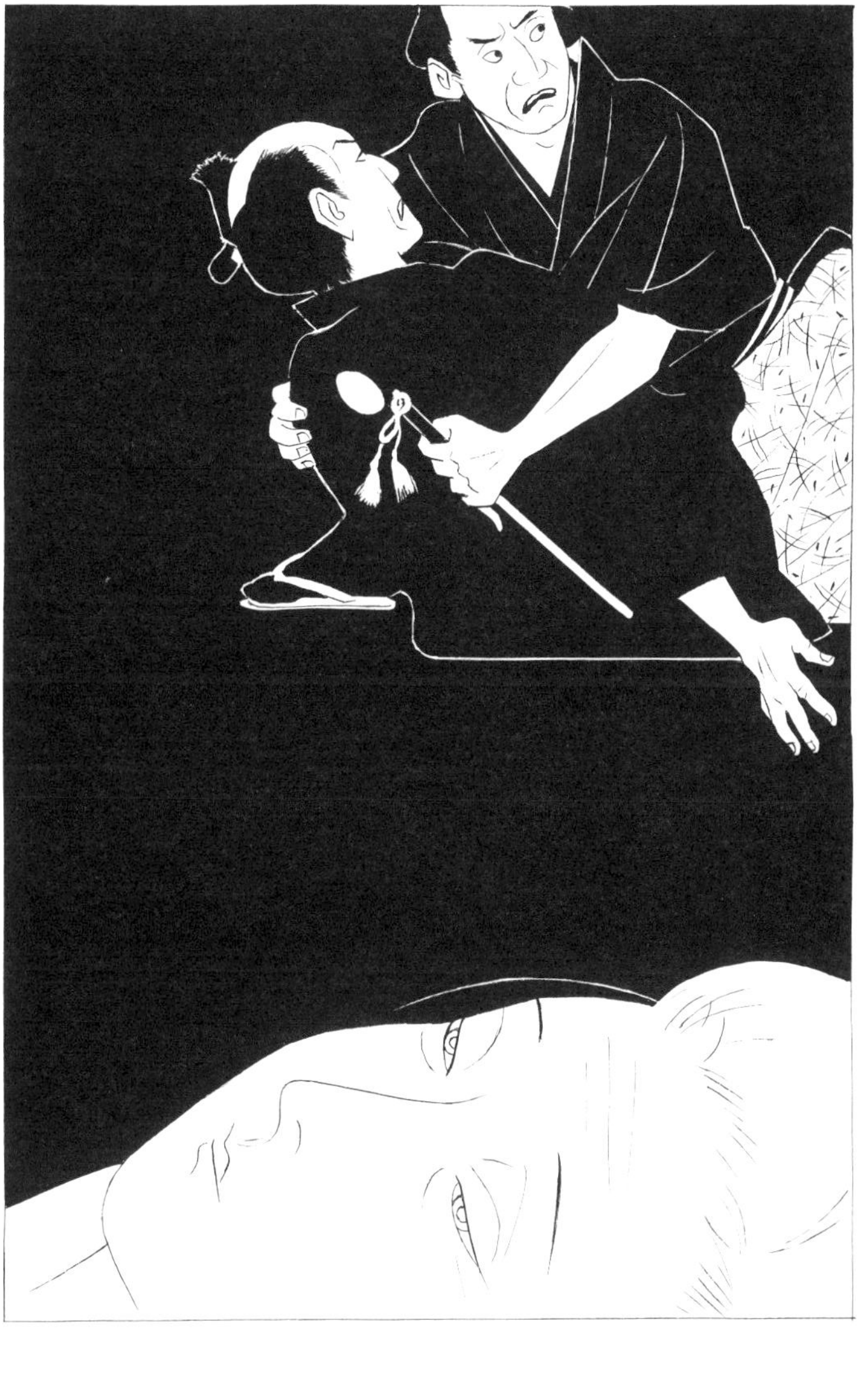

しかも、その長助は箱根越えの後、途中で行方不明になった嶋屋長右衛門を探すのと、その夜、三島宿の手前、かん川橋の下で死体となって発見された嶋屋の女房お仙の後始末のために一行と別れて三島へ残った。以来、その消息は一行の許へ知らされていなかった。今は麻太郎と共にこちらに向っているらしい。

掛け布団の下で、るいは両手を胸の上で合せ、目を閉じた。

理由はまだわからないが、この旅は明らかに誰かが仕掛けたものだと思った。その誰かの名前を決断するのは正直のところ、心が痛んだ。

けれども、るいの直感では、すでにその人物が浮んでいた。

にもかかわらず、るいの気持がそれを否定している。

急に、るいの隣の布団が動いた。

「おるい様……」

小さく、細い声でお千絵が呼んだ。

「おるい様、起きていらっしゃいますか」

るいは返事をしなかった。身じろぎもせず、息も乱さない。

ひっそりと、お千絵が様子を窺っているのが感じられた。暫くはどちらも動かず、闇が部屋全体を押し包んでいるようであった。

自分の動悸《どうき》が激しくなっているのにるいは気付いた。お千絵に聞えるのではないかと不安になるほど音をたてているが、どうやったら鎮まるのかわからない。目を閉じ、るいはその人の顔を瞼《まぶた》の中一杯に浮べた。

「貴方《あなた》……」

と声には出さず、心の内で呼びかけた。

「あなた……」

もう一度、胸の奥で念じるように繰り返した時、隣のお千絵が寝返りを打ったのがわかった。るいに背をむけて、お千絵はそのまま眠ったようである。小さな鼾《いびき》が聞えて来た。

反対に、るいのほうは眼が冴えてしまった。

考えねばならないことが次々と浮んで来て、とても眠るどころではない。

ふっと脳裡を横切ったのは長助のことであった。

お千絵が夫を殺害した相手をなんとしても探し出したいと考えているならば、その時の事情を知るには長助に訊ねるしか方法がない。馬上から畝源三郎が狙撃された時、傍《そば》にいたのは長助一人であった。倒れた源三郎を抱き起した長助は馬で走り去った下手人を追うことは出来なかった。それでも、咄嗟《とっさ》の場合、下手人の顔を見ているのではなかったか。長年、八丁堀きっての捕物名人といわれた畝源三郎に小者として従っていた彼ならば、反射的に下手人を知ろうとする習性がある筈で、その記憶は歳月が過ぎようと生涯、消えるものではなかろう。とすれば長助は長助で独自に畝源三郎の身辺にいた者の中に容疑者に当る者は居ないかと血眼《ちまなこ》で探し廻ったに違いない。長助が口惜《くちお》しいのは、その努力が徒労《とろう》に終っていることであろう。諦めようと思っても諦め切れないでいた長助が何かで、その下手人に似た人間を見たとしたら。それが今度の旅であったら、とまで考えが飛躍して、るいは首を振った。

いくら何でも、そんな偶然があるとは信じられない。芝居の筋書きではあるまいしと自嘲しながら、それでも、るいはその思いつきを捨て切れなかった。

長助のねばり強い気質はよく承知していた。

常日頃はさっぱりして物事にこだわらない性格だが、ことが捕物となると徹頭徹尾あきらめない。はたから何といわれようと納得が行くまで追及の手をゆるめず、その結果、迷宮入りになりかけた事件を解決した実績が数多くあった。手柄を認められて何人かの仲間と共に町奉行所に呼び出され、御奉行様から新しい十手、捕縄《とりなわ》と褒美《ほうび》の金五両を頂いた経歴もあった。

そうした長助であってみれば、主人である畝源三郎の遭難は自分がついて居ながらという想いと口惜しさが終生、消えず、新政府になった今でも心の深い部分にこびりついている筈である。

もし、この旅で長助が畝源三郎を殺害した下手人に似た者を発見したとするならば、どうするか。老練な岡《おか》っ引《ぴき》であり、万事に慎重な長助であれば、相手に気付かせぬようその人物を調べはじめるのではあるまいか。三島から後始末を理由に東京へ引き返した長助の目的は、或る人物について至急、その経歴など知りたいことが出来たからで、自分の推量が万一、当っていたとすれば、畝源三郎殺しの容疑者はこの一行の中にいるとも想像出来る。

だが、そこでるいは自分の考えを自分で否定した。

この一行の中の人々は素性がはっきりしていた。

どの人も、京橋界隈で名の通った老舗《しにせ》の旦那衆であり、その家族であった。

この中に畝源三郎に害意を持つ者がいるとは思えないし、馬上から短銃で撃つという殺害方法もそぐわない。

思案はそこで行き止りとなり、疲れ果てて、るいは眠った。

が、眠りに入る寸前、るいは自分の脳裡に何かが掠《かす》めるのを意識した。あっと思ったが、それがなんであるかが判らない。

どこからか鶏鳴《けいめい》が聞え、るいは慌てて眼を閉じた。

終幕

一

伊勢の采女《うねめ》屋で一夜を過した翌朝、るいは板葺屋根《いたぶきやね》を叩く激しい雨音で眼をさました。

反射的に隣の布団を見ると蛻《もぬけ》の殻《から》であった。

はっとして上半身を起した時、廊下側の障子の開く音がしてお千絵が戻って来た。

「まあ凄いのなんの。まるで天《てん》が抜け落ちたみたい……」

布団の上のるいを見て首をすくめた。

「そういえば、おるい様、雷がお嫌いでしたよね」

確かに耳をすますと、雨音の中に雷鳴がまじっている。

「雷様が大好きなんて人、いますかしら」

年上の余裕でやり返して布団を出たのは、お千絵がこの道中、寝巻にしていた浴衣を脱いで着替えをはじめたからである。

「伊勢の大神様、なにかで御立腹なのかしら」

長襦袢《ながじゆばん》を羽織った恰好で腰をかがめ、足袋を履きながらお千絵が一人言のように呟《つぶや》き、るいは、

「なにかでって、何でしょう」

軽い気持で応じた。

「例えば、お詣りに来る人の中にお気に召さない者がいるとか……お前のような心に企みのある人間は、神に額突《ぬかづ》く資格はないとか……」

「お千絵様ったら……」

悪い冗談といいかけて、るいは言葉を飲み込んだ。

足袋を履き終えて立ち上ったお千絵の後姿に凄絶《せいぜつ》とも見える気配が感じられたからである。

「おるい様、どう思われます。敵討《かたきうち》というのは神仏の御心に背《そむ》くものなのか」

「お千絵さま……」

「徳川様の御代《みよ》では親の仇《あだ》を子が討《う》つのも、夫の敵《かたき》を妻が殺害するのも天下晴れてお許しが出ました。でも、新政府は仇討《あだうち》を禁止したとか。無法に夫が殺された場合、お上に訴え出れば、下手人《げしゅにん》は犯罪者として捕えられ、定められた法によって処罰される。それはそれで結構なことでございます。けれども、下手人が捕えられず、野放しのままであったら、どうなのでしょう。罪の償いどころか、のうのうと生きのびて悪徳商人として世に跋扈《ばっこ》し悠々と暮している。夫を殺された妻が、それを知ったら手をつかねて見過《みすご》しに出来るものでしょうか」

お千絵の肩が激しく慄え、遂にるいはいった。

「みつけたのですね。敵を……」

「はい、長助と共に……」

「では、長助さんが東京へ戻ったのは……」

「彼奴《きやつ》が川本吉助《かわもときちすけ》、本名、川本吉次郎《きちじろう》に間違いないと確認のためでした。長助の眼は確かでした。長年、夫と共に捕物に働いて来た長助が、夫を殺した下手人を見間違えるわけがない。旧幕の頃、旗本、秋元《あきもと》家の用人、川本格左衛門《かくざえもん》の不肖の倅、吉次郎が、同じく秋元家の馬丁であった勝三《かつぞう》と組んでさまざまの悪事を働いていた、その探索に当っていたのが夫だったのは、おるい様も御存知でしょう」

お千絵を直視するのがつらくなって、るいは眼を伏せ、うなずいた。

畝源三郎が狙撃され遭難したのは、慶応《けいおう》四年五月二十五日、本所の麻生家が何者かに襲われ、隠居の源右衛門と娘の七重、孫の小太郎が斬殺されるという事件があって二十日後、源三郎がその探索に当時、根津《ねづ》にあった秋元家の下屋敷《しもやしき》に出かけた途中のことであった。

この時の事件の解明には神林通之進や麻生宗太郎らも加わって或る程度の結果は出て、畝源三郎殺害の犯人の一人である勝三は牛相撲の興行を手がけた際、青山の牧場で牛に踏みつけられて死亡した。しかし警視庁に連行された狙撃犯のもう一人の仲間であった川本吉次郎に関しては御一新で町奉行所が崩壊してしまい、多くの未解決の事件と共に新しく出来た市政裁判所などへ廻されたが、その結果は有耶無耶《うやむや》になった。そして吉次郎はその後、行方が知れないままに終っていた。

つまり、畝源三郎殺害の下手人の一人、川本吉次郎に似た者が、今回の伊勢まいりの一行の中にいるのを長助が確認し、その素性を調べるために東京へ戻ったのだというお千絵の言葉にるいは茫然《ぼうぜん》とした。

昨夜も考えたことだが、この一行に参加しているのは、れっきとした大店の主人ばかりで、その中に殺人者がまぎれ込んでいるとはどうしても思えない。

しんと考え込んでいるるいにお千絵がひどく明るい声でいった。

「私、夫の敵討をしますの」

「なんですって……」

「長助はまだ戻って来ませんけれど、私、長助が誰を疑っているか、わかっていますので……」

「長助さんからお聞きになったの」

「いいえ、あの人は不確かなことは口に出しません。だから東京へ行ったので……」

「お千絵様……」

部屋にお千絵と二人きりでいることにるいは困惑した。いつも傍を離れないお吉は手洗いにでも行ったのか。もっとも、お吉が留守だからこそ、お千絵はるいに重大な決意を打ちあけたのに違いない。

「お願いですから……」

にじり寄って、るいはお千絵の手を握りしめた。

「軽はずみはなさらないで……お千絵様の御心の内、わかります。でも、あなたはお一人ではありません。源太郎さんやお千代さんのことを考えて下さい。もし、あなたのなさろうとしていることをお二人が知ったら……」

「あの子達のためにも、この世での心配事を片付けて逝《ゆ》こうと思ったのです。わたしの死後に、例えば、源太郎がわたしの考えたのと同じことを考えて敵討を企《くわだ》てたら、あの子の一生は滅茶苦茶になってしまいます。御一新になって敵討は御法度《ごはっと》。人殺しとみなされます。人を殺した弁護士なんて、誰が相手にしてくれます。商売上《あが》ったりじゃありませんか。お千代だって嫁の貰い手がなくなります。和洋堂にもお客がびっくりして来て下さらなくなるでしょう。同じ人殺しでも女房が亭主の仇討をした、あの世へ行って亭主からよくやったと賞めてもらいたかったなぞと新聞が書いてくれれば、店の宣伝になるかも。そういえば、日本人は敵討の話が好きですものね。忠臣蔵《ちゅうしんぐら》でしょう。曽我《そが》兄弟でしょう。私の敵討も芝居になりませんかしらね」

「やめて下さい。お千絵さま」

るいの声が強くなった。

「冗談もほどほどになさいませ」

「本気です」

重い調子であった。

「この旅を考えついたのも、そのためでした。考えて、考えて、考えあぐねて、漸《よう》く筋書きが出来上りました」

「お千絵さま……」

「あなたをお誘いしたのは見届け人になって頂きたかったからです。あなたの他にそれをして下さる方はないい。どうぞ、お頼み申します……」

この部屋の濡《ぬ》れ縁《えん》のある庭先で稲妻が走った。続いて叩きつけるような豪雨が白い靄《もや》を巻き起す。

思わず、るいはお千絵の手を放し、自分の耳を押えた。その一瞬、お千絵が床の間においてあった包みの中から細長い袋を摑み出し庭へとび出して行く姿を稲妻が照らし出した。

死にもの狂いでるいは追った。もはや雷への恐怖どころではなかった。

追う者も追われる者も足袋はだしであった。

庭を抜け、渡り廊下へ出てお千絵が走って行く先が自分達の一行の案内人である御師の岡本吉大夫の泊り部屋であるのにるいは気付いた。

自分達が泊った采女屋は伊勢参宮の人々の常宿の一軒であり、御師の泊る部屋は便宜上、表口を入ったすぐの所にあって目じるしのためでもあろうか入り口の鴨居《かもい》に注連《しめ》飾《かざ》りがかけてある。

部屋は開けっぱなしで、入口に宿の女中が腰を抜かしていた。

お千絵が部屋へふみ込み、すぐ出て来て女中に訊いた。

「吉大夫はどこへ行きました」

激しい声に女中は怯え、ただ指の先を玄関口へ向けた。

お千絵が走り、土間に立っていた下足番の脇をすり抜けて外へ出る。追って来たるいは、そこでお千絵と入れ違いのようにくぐり戸を入って来た若者を見た。

「麻太郎さん」

「叔母上《おばうえ》」

双方が同時に声を上げ、麻太郎が続けた。

「今、源太郎君の母上が……」

「追って下さい。止めて下さい。あの人は敵討に……」

それだけで麻太郎が今、入ったばかりのくぐり戸をとび出して行く。息を切らしながら、るいが土間へ下りたところへお吉が追いついた。

「お嬢さん、いったい、何事で……」

逆上の余り、日頃、御新造様《ごしんぞさま》と呼ばされていたのが、すっかり昔のお嬢さんに戻っている。

「お前はいいから、ここに居て……」

いい捨てて出て行くるいにお吉はあたふたと続く。

空はまだ明け切って居らず、豪雨が大地を叩き、稲妻と雷鳴が天を駈けめぐっていた。

すぐに町並が途切れ、野原が広がっている彼方に神宮の森が霧に包まれて見える。

稲妻が光り、野原にお千絵の姿が浮んだ。

左手は短刀の鞘《さや》を摑み、右手は柄《つか》にかかっている。

お千絵の正面、三間ばかりの位置に男が白木《しらき》の杖《つえ》を持って向い合っていた。

薄明りが男の顔を照らし出し、るいは息を飲んだ。

まさかと眼を疑う気持の一方で、やはりと合点するものもある。

伊勢参宮の案内人、御師《おし》と呼ばれて来た岡本吉大夫が日頃の温厚ぶりをかなぐり捨てた形相で仁王立ちになっている。

るいを守るように傍に立って、麻太郎がいつもと変らない調子で訊いた。

「彼奴は何者ですか」

答えたるいの声も平素の如くであった。

「御師の名前は岡本吉大夫、でも本名は」

お千絵が続けた。

「川本吉次郎、横浜で悪徳商人として評判だった頃の名は川本吉助、そして悪運尽きた今の名前が岡本吉大夫、長年、探し続けた夫の敵でございます」

お千絵と向い合っていた男が白木の杖を斜めにして音もなく鞘走らせた。仕込み杖と呼ばれるもので、外見は平凡な木の杖だが、なかは刳《く》り抜いて刀身がおさまっている。

岡本吉大夫、いや、もう川本吉次郎と書くべきであろう。如何にも実直そうな御師の仮面を脱いで居直った悪党は切っ先をお千絵に向けた。

「廻り合ったが百年目だ。お望み通り、亭主の待つ地獄の果に送ってやろう」

大上段にふりかぶろうとしたところへ麻太郎がとび込んだ。長身の体が弓のように撓《しな》って吉次郎の股間を蹴り上げる。

「おのれ」

急所の痛みによろめき、それでも吉次郎は懲りずに高《た》か高《だ》かと仕込み杖をかまえ直し、相手の位置を確かめようと周囲を見廻したが雨足は一段と激しさを増し、空も地上も急に暗くなった。稲妻が立て続けに暗闇を裂くと大地をゆるがして雷鳴が轟く。

その中で麻太郎の体が昔話の五条橋《ごじょうばし》で牛若丸が弁慶を翻弄《ほんろう》するように縦横無尽に跳び廻り、吉次郎は狂気の体《てい》で麻太郎を追った。

るいとお千絵が見守る中、突然、天が裂けたかと思うような稲妻と雷鳴が響き渡って、

麻太郎は吹きとばされたように窪地《くぼち》へころがった。

僅かの間、麻太郎は気を失っていたらしい。顔を叩く雨に起されて立ち上ると、どこかで自分を呼ぶ声が聞えた。で、窪地から這い上り、

「るい叔母さま、お千絵小母さま」

と呼びながら、周囲を見廻すと案外、近くの草むらのむこうから二人が助け合うようにして起き上るのが見えた。むこうも麻太郎をみつけてよろめきながら近づいて来る。

麻太郎が手を上げて二人を制した。

「そこでお待ち下さい。こちらへはいらっしゃらないように……」

るいが、お千絵を抱き止め、麻太郎は走って二人の傍へ寄った。

「麻太郎さん」

ささやくほどの低声《こごえ》でるいが麻太郎の耳許で訊いた。

「あれを、ごらんになりましたの」

麻太郎が、るいの知っている神林東吾そっくりの、人の心を包み込むような微笑を浮べた。

「わたしは医者ですから、なんともありませんが、お二人はごらんにならぬほうがよいでしょう」

血の気を失った顔を、お千絵が辛うじて麻太郎へ向けた。

「見届けてはいけませんか。夫の敵の最期を……」

「燃えた炭俵をみても仕方がないでしょう」

「なんですって」

「わたしはイギリスで下宿の近くの石炭屋が火事になって丸焼けになった後、黒こげになった石炭袋が灰の中に散らばっているのを見たことがありました。むこうにあるのは、まさしくそれです。天の火が焼き滅した悪のかたまりです。やがて風が吹けば野末《のずえ》に飛ばされ、あとかたもなくなってしまう。悪の終りを私達は見届けたのです。小母様が手を下す前に伊勢の大神が裁きをつけられたように、わたしは思いました」

石のように表情を失っていたお千絵の顔に僅かながら血の色が戻って来た。強く結ばれていた唇が開き、声が洩れた。

「貴方、あなた、旦那様……」

あの世の畝源三郎に呼びかけるお千絵の声を伊勢神宮の森から吹き下す風が包み込み、るいが合掌し、麻太郎とお千絵がそれに倣《なら》った。

参道を浅黄色《あさぎいろ》の袴《はかま》を着けた神官を先頭に何人かの男達が走って来た。その中の一人がこっちへ向けて両手を上げ、宙へ飛び上るような恰好で、

「若先生、おるい様、お千絵様」

と呼んでいる。

「長助、遅いぞ。なんだ、仙五郎も来たのか、いい年齢《とし》をして……やっ、あれは、宗太郎先生じゃないか」

麻太郎が笑って応じ、言葉の途中から脱兎《だつと》のように走り出した。

二

「全く、この節の御年配の方々のお元気ぶりには舌を巻きますよ。宗太郎先生にしろ、長助、仙五郎にしろ、東京からお伊勢さんまで、どのくらい道のりがあると思っているんですか。日永《ひなが》の追分からだって宇治《うじ》橋まで十五里三十五丁もあるっていうんですよ」

まっ赤な顔でまくし立てているのはお吉で、すっかりくつろいで酒肴のもてなしを受けているのは、宗太郎を先達に、るい、お千絵、麻太郎、長助、仙五郎にお吉の一行で、東京から同行して来た房州屋徳兵衛、会津屋惣右衛門、越前屋久七、中西屋繁兵衛、それに由比宿で発病し遅れて伊勢へ着いた大坂屋平八は、本来は御師の手代をつとめていた信次郎が代理人となって懸命に世話をしている。

　また、岡本吉大夫こと川本吉次郎に関してはその素性などを明らかにせず、ただ、不都合なことがあって一行から除されたと、これは宗太郎の指示を受けて信次郎が五人の旦那衆に説明し、誰もがそれで諒承した。

　勿論、五人が揃って何もかも納得したわけではなかろうが、それを詮議して自分達に良いことがあるわけではなく下手をすると厄介を背負い込むとわかっている故であった。

　で、目的の伊勢参宮の行事がすべて終った翌日、信次郎が五人の旦那衆と小泉屋の久江を伴って東京へ帰り、「かわせみ一家」とでもいうべき、るいに宗太郎、麻太郎、お吉、それにお千絵、長助、仙五郎は、宗太郎の提案で津《つ》の湊《みなと》へ寄港する鹿島屋の持ち船に横浜まで乗せてもらい、横浜からは近頃、評判も定着した陸蒸気《おかじょうき》で新橋駅へという特別の行程で帰京することになった。

　思えば、東京を出発したのが三月一日のこと、旧暦時代は三月さくらと歌の文句にも出て来るように、桜が咲かなければ春ではないような気分でいたが、新暦の今は早くとも四月の声を聞かないことには飛鳥山《あすかやま》も向島《むこうじま》も閑散としている。

「どうでしょうね。お花見に間に合いますかね」

　伊勢から津へ向う道を、お吉はしきりに桜の心配をしていたが、どういうものか、あまり桜樹《さくらぎ》をみかけない。

「お吉さん、そんなに桜が気になるなら、いっそ吉野山まで足をのばしてみますかね。なんといっても花の名所は吉野山と昔から相場が決っていますから……」

長助が満更、冗談とも思えない口調で話しかけ、お吉は両手をふり廻して拒絶した。

「とんでもない。一カ月近くもお店を留守にするなんて、生まれて初めてのことなんですよ。心配で心配で、羽があったら空を飛んで大川端へ帰りたいくらいのものなんですからね」

足柄山《あしがらやま》の金太郎も跣《はだし》で逃げ出そうといった形相で長助を睨《にら》みつける。長助のほうは馴れているからお吉の剣幕なんぞ歯牙《しが》にもかけず、

「そんなことをいったって、肝腎《かんじん》のお店のほうの修理が終っていねえことにはどうにもなりませんや。なんてったって江戸一番の御宿《おんやど》かわせみが改築途中で暖簾《のれん》をかかげるわけにも行きますまいがね」

「終ってますよ。どこもかしこも、きれいさっぱり、ぴっかぴか……」

「大工の仕事を急かせるのは剣呑だよ。一年と経たない中《うち》に、また雨もりだなんて話になったら……」

「名人小源がそんな仕事をするものですか。父子《おやこ》二代、日本一の棟梁だよ」

「お吉さんよ。贔屓《ひいき》のひき倒しはいけねえよ。世の中、広いんだ。たしかに小源は名

棟梁だが、この節は西洋人の、舌も廻らねえような名前の棟梁がでっかい建物をこさえてるじゃねえか」

「あんなもんは子供の手遊びですよ」

恒例の口喧嘩というか、じゃれ合いを繰返しながら行く二人と適当な距離をおいて宗太郎がさりげなく麻太郎に肩を並べた。

「念のためだがね。君は悪のかたまりを見たのだろう」

ちらりと宗太郎を眺めて、麻太郎がうなずいた。

「悪のかたまりならば、確かに見ました」

「炭俵が燃えたような、は、創作か」

「叔父上を欺《だま》すのは無理ですね」

「やっぱり、そうか」

「あんなものを見たら一生、飯がまずくなります。見ないほうが得策です。炭俵が燃えたのを連想するくらいが限度かと思ったものですから……」

宗太郎が苦笑し、麻太郎が相変らず小声で続けた。

「るい叔母様は子供の時、人が雷に打たれて黒こげになったのを見て以来、雷嫌いになったと信じていらっしゃいますが、その話、御存知ですか」

「昔、君の父上から聞いたことがあるよ」

「あれも、るい叔母様の錯覚ですね。普通、人が雷に打たれて死ぬというのは衝撃で心臓がやられた、それも、もともと心臓の弱い人の場合で、滅多《めった》にあるとは思えません」

「川本吉次郎は心臓が弱かったってことか」

「悪事を働き、長年、びくびくしながら生きて来れば、心身共に健康とは行かないでしょう。それに、あれはまさしく神罰《しんばつ》でした。第一、見て嬉しい死に顔でもありませんでしたからね」

「君の気くばりに感謝するよ。そういうところが親ゆずりだな。君の父上にそっくりだ」

「有難うございます」

素直に頭を下げながら、麻太郎は宗太郎のいった君の父上が、誰を指しているのかよくわかった。今にも涙のにじみそうな横顔を見せて宗太郎が瞼の中に浮べている神林東吾の若き日に自分は瓜二《うりふた》つなのだという気持はいつも麻太郎を勇気づける。

街道の右手に海原《うなばら》が見えはじめた。

空も海も、青一色に染められて、一行に降りそそぐ日ざしは、もう初夏を思わせた。

三

伊勢の津の湊から鹿島屋の持ち船「鹿島丸」で横浜へ、更に陸蒸気で新橋駅へと順調に旅の終りを過ごして、るいがお吉と共に大川端の「かわせみ」へ帰り着いた日、東京の桜は三分咲き、うららかな上天気であった。

新橋駅で仙五郎だけがまっ先に狸穴《まみあな》へ向ったのは、さぞかし待ちかねているに違いない通之進夫婦へ御注進《ごちゆうしん》のつもりで、宗太郎は麻太郎と共にバーンズ診療所へ挨拶に行き、お千絵は長助に送られて日本橋近くの店、和洋堂へ、るいはお吉を伴って「かわせみ」へと各々、袂《たもと》を分かった。

「かわせみ」の店の前には嘉助が若番頭の正吉と各々、竹箒を手にして立っている。

正吉が暖簾の奥へ声をかけ、正吉の女房で若女中頭のお晴が待ちかまえていたようにとび出して来た。

「お帰りなさいまし」

「道中、御無事でなによりでございました」

「御苦労さまでございました」

老若三人に取り囲まれてるいとお吉が入口を入ると、

「早速でございますが、新しい暖簾《のれん》が出来て来て居ります。お嬢さんの手でこいつを掛けて頂きてえと思いまして……」

紺地《こんじ》に白く「御宿かわせみ」と染め出した暖簾は藍の匂いがして、受け取ったるいは胸が熱くなった。

「かわせみ」を開業した時に新調した暖簾は長年、風雨に晒《さら》されても、常に嘉助が手入れをしてむしろ風格が出た感じではあったが、流石《さすが》に古びて来たので、今度の改築に際して取り替えようと嘉助に相談していたものの伊勢参宮に出かけるのが急であったこともあり、そのまま旅立ってしまっていた。

「お許しもなく勝手を致しましたが、文字のほうは狸穴のお屋敷へうかがいまして、前のと同じように殿様に……」

嘉助が殿様といったのは神林通之進のことであった。

旧幕時代、神林通之進は吟味方与力の職にあった。御一新以前、同心であったるいの父親の配下として働いていた嘉助にとって世の中が変っても、神林通之進は殿様に変りはない。

「有難いことに、早速、御承知下さいまして、かわせみの暖簾の文字を書くのは二度

目になるなと仰せになりました」

「そうでした。その通りね……」

最初の時、「かわせみ」の文字を染屋《そめや》のほうにまかせようといったるいに、

「兄上に書いて頂いて来てやるよ。兄上の書は風格があるし、俺は好きなんだ」

東吾が一人で決めて、暖簾の大きさに合せて半紙を貼り合せ、通之進に「御宿かわせみ」と書いてもらったのを下書きに染屋が紺地に白抜きにして仕上げた。

「まさか、手前がお願い申しに参るわけにも行かず、思い切って宗太郎先生に御相談致しましたところ、そういうことなら自分が取り次いでやるとおっしゃって下さいまして……」

宗太郎が自分で暖簾の寸法などを計《はか》り、巻紙を使って下書き用の暖簾を作り、狸穴へ持参して即座《そくざ》に通之進が筆を取って書いたものが染屋に渡って仕上ったのが、この新しい暖簾だと嬉しそうに嘉助は説明した。

「どうしましょう。まだ御礼に伺ってもいないのに……」

思わず呟いたるいに嘉助が笑った。

「まあまあ、今、お帰りになったばっかりで、そいつは無理でございますよ。とにかく、お入りになって下さい。若い連中がお迎えに出て居りますよ」

嘉助にいわれて暖簾をくぐると、正面の上りかまちに若番頭の正吉、女中頭のお晴があらためて両手を突き、

「お帰りなさいまし」

声を揃えて挨拶をした。

「只今、帰りました。留守番、御苦労様でしたね」

応じた、るいの声もはずんでいて、みんなに取り巻かれて上へあがるのに続きながらお吉がいった。

「やっぱり我が家が一番というのは、こういう気持をいうんでしょうね。たった一月《ひとつき》そこそこの旅なのに、何年も何十年も留守にして帰って来たような気分でございますよ」

わあわあと一同がひとかたまりになって、るいは居間へ通った。新しい木の香がしているが造作はここを出かけて行った時のままのようで違和感がない。

「棟梁が、それは気を使って仕上げを自分でしてていなすったんですよ。お帰りになって他人の家に入ったように思われないように、お出かけになった時と同じな具合に感じて下されぱいいが、と、そればっかりいってましてね」

嘉助の言葉に、るいはうなずいた。

「小源さんの仕事なら、なにもかもまかせておいて大丈夫。なまじ、素人が口出しすると折角の棟梁の心づくしが無駄になってしまいます」

「まあ、ごらんになって下さい。歿った堀江《ほりえ》町の棟梁にみせてやりたいくらい、そりゃいい仕事をしてますよ」

嘉助が堀江町の棟梁といったのは小源の父親、源太《げんた》のことで歿《なくな》ったのは御一新の前だが今でも名大工の評判は消えていない。

嘉助が先に立って階下から二階へ、客用の部屋を廻って歩く。どの部屋も明るく、さわやかな感じであり、しっとりと落付いて、

「東京広しといえども、これだけの御宿は他にあるとは思えませんよ」

鼻高《た》か高《だ》かという顔付で嘉助が自慢するのが、もっともと、るいも合点した。

「小源さん、とうとう、親御さんの棟梁以上の腕になりなさったのねえ」

すっかり満足して今度はるいの私室のほうへ行く。店から続く廊下の暖簾口を通り、庭に面した縁側へ出て、るいは六畳に四畳半が続く自分の起居する部屋を眺めた。

伊勢まいりに出かけた時と寸分、変っていないと思い、いや、そうではないと気がついた。神棚の下の袋戸棚《ふくろとだな》が変っていた。以前は神棚に供《そな》える榊《さかき》を挿した壺《つぼ》の水を取り替えるのに一々、踏み台を持って来て乗らなければならなかったのに袋戸棚の下の部分が

ひっぱり出せるようになってそれが踏み台になる。どういう工夫がほどこしてあるのか、かなり厚く重い筥の踏み台がくるりと廻って出て来るばかりか、しっかり固定されて少々、乱暴に乗ってもびくともしないと嘉助がいう。

「よく出来ていますでしょう。両手にお供え物を持って上っても大丈夫ですし、後むきで下りるのも怖くないんです」

神棚に毎朝、新しい米、塩、水をお供えする役目のお晴が嬉しそうに乗ってみせた。これは本来、るいが行っていたことを旅の留守中、お晴が代行していたので、ためしにるいが乗ってみると見ていた以上に安定感があって具合がよい。

「流石、小源さんですねえ。もっと早くに頼めばよかった」

るいが首をすくめ、お晴が笑った。

「棟梁もいってました。もっと早くに気がついて仕事をさせてもらえばよかったって……」

賑やかに一同が家中を廻って歩き、それが終ってから嘉助がいった。

「ところで、お店を開けますのはいつからに致しましょうか」

すでに常連客のほうから、いつから再開するのか問い合せが来ていて、その中には新規開店の第一日目に是非共《ぜひとも》、泊りたいという要望が少からずあるのだと正吉は意気込んで報告した。

「御常連の方々には、お知らせ状のようなものをお出ししたほうがよいのでは……」

るいを囲んで、老若男女四人の奉公人が額を集めている所へ朗らかな声がかかった。

「やあ、すっかりきれいになりましたね。それにしてはお歴々が集ってなんのお話ですか。まさか、開店早々夜逃げの相談ではありますまいね」

さわやかな白絣《しろかすり》に濃紺の袴を着けた神林麻太郎が片手に黒鞄、もう一方の手に風呂敷包みを下げて土間へ入って来た。

「こりゃあ、若先生」

嘉助が喜びにあふれた第一声を上げ、るいを中心にしてお吉、お晴、正吉が上りかまちの板敷に並んだ。

「お帰りなさいませ」

両手を突き、麻太郎を見上げたるいの瞳にみるみる涙が浮んで来る。麻太郎は鞄も包みも放り出すように置いて、るいの手をしっかり握りしめた。そして「かわせみ」の面々に向かって、

「只今、帰りました。長いこと好き勝手をし、申しわけありません。おかげで今のわたしに出来得る限りのことを学んで参りました。今後はこれまでと同じようにバーンズ

先生、宗太郎先生を師と仰ぎ、むこうで得た知識や体験を生かせるよう努力する心算です。何分、よろしくお願い申します」

麻太郎の言葉の途中からるいの頬は滝のように流れる涙で濡れ放題になり、背後のお吉、お晴は勿論、男は滅多なことで泣くものではないと豪語している嘉助と正吉も固く結んでいた筈の口許から嗚咽《おえつ》が洩れる。

救いの神は庭から入って来た。

「やあ、みんな、こちらに集っていたんですか。帳場には誰もいないし、声をかけても返事がなしだから、借金取りが来て夜逃げでもしたのかと慌てましたよ」

言葉とは裏腹の明るい声でいう。

「まあまあ、宗太郎先生ともあろう御方がなんという冗談をおっしゃいます。開店前から夜逃げだなんて縁起でもない。鶴亀《つるかめ》、鶴亀」

どっこいしょと立ち上ってお吉が台所へ行きがけに突っ立っている宗太郎の背中を思い切り叩き、お晴が押入れから宗太郎用と決めてあった座布団を出して来る。

「全く、この家はいつ来ても変らないね」

宗太郎が麻太郎に笑いかけた時、庭先に長助が顔を出した。

「こりゃあ、皆さん、お揃いで……ちょうど、ようござんした。伜が引っ越し蕎麦をお持ちしようと申しまして……」

成程《なるほど》、伜の長太郎《ちょうたろう》が大きな包みを台所口へ運び込んでいる。

「ちょいと、まだ、お勝手の道具類は荷造りをほどいてないから……」

といいかけたお吉が黙ったのは、長太郎が手ぎわよく包みの中から鍋だの笊《ざる》だのを取り出しはじめたからで、あたふたとお晴と一緒に手伝いに行った。

宗太郎と麻太郎がお晴が出した座布団に座って、茶箪笥《ちゃだんす》から湯呑や急須《きゅうす》を取り出しているるいを眺めながら世間話をしていると、むこうで湯を沸かして来た鉄瓶《てつびん》を居間の長火鉢の上に掛けながら長助が二人の話に加わった。

京橋の太物問屋、嶋屋長右衛門の行方がわかったという。

「いったい、どこに……」

るいが反問し、長助がまず、嶋屋長右衛門について説明を始めたのは、るいは別として、宗太郎も麻太郎も、彼について殆んど知識がないのが解っていたからであった。

「嶋屋長右衛門さんと申しますのは、先だってのお伊勢まいりの一行に夫婦で参加なすった一人でございまして……」

箱根越えの終り時分、

「気がついたのは一の山と申します所でひとやすみとなりました時で……」

一行の中から長右衛門の姿がみえなくなっていた。

「お内儀さんのお仙さんは道中、足を痛めまして三島への戻り駕籠をみつけてそいつに乗って先に行きなすったんですが、その日の泊りの三島宿の伊豆屋に皆さんが着いてみると伊豆屋には着いていねえ。それどころか夜になって河原川と申します川に架っている橋の下で水に漬《つ》かって歿っているのが見つかりました」

「水死か」

と念を押したのは宗太郎で、

「へえ、あっしが調べました限りでは体に傷もございませんし、毒物なんぞを口にした様子はなく……あっしもお上の御用を承っていた時分に何度か水死人をみて居ります。その折、畝の旦那がお検《あらた》めなすったのを一つ一つ思い出しながら、念には念を入れたつもりでございます」

自信ありげな長助の口調に麻太郎が問うた。

「河原川というのは、水の深さはどのくらいだったのか。遺体は水の中に浮いていた状態か、もしくは沈んでいたのか」

「どちらでもございません。強いて申しますと、お仙さんは水の中に尻餅《しりもち》を突いたという恰好で右肩のあたりが橋桁《はしげた》に寄りかかって居りまして……とにかくひっぱり上げて橋の袂《たもと》の常夜燈《じようやとう》の灯でよく見ますと額から右半分の顔が何か固いもので撲《なぐ》られて居りました」

血は川水に流れたかして白い顔の上にざんばら髪がかぶさって、それは無惨なものであったと、眉をしかめた長助に麻太郎が訊ねた。

「所持品などはどうだった」

「なんにもございません」

手には何も持たず、懐中や帯の間など一応、探《さぐ》ってみたが、懐紙と手拭一筋が折りたたんだまままあっただけで財布はおろか、旅の手荷物のようなものも見当らなかったと長助がいい、麻太郎が呟いた。

「盗人の仕業だろうか」

「それにしては人家が近うございます。橋を渡ったすぐの所に土産物屋のような小店が二、三軒並んでいまして、まだ宵の口ですから……」

長助が、ぼんのくぼに手をやって黙り込み、麻太郎が軽く首をかしげた。

「お仙さんという人は足を痛めて駕籠で三島宿へ向ったのだね。橋は三島宿へ入ると、いい、ばくちにある。何故《なにゆえ》、そんな所を歩いていたのだろう」

盗っ人に襲われたか、通りすがりの者が出来心で金めあてにお仙をねらって所持金を奪い、川へ突き落したか、どちらにせよ、お仙が徒歩で通りかからねば成り立たない。

「駕籠からひきずり下して、となると、駕籠屋がぐるでなければ変じゃないか」

第一、盗みにせよ、殺人にせよ、

「やるなら箱根山中だろう。三島までの道中には人っ子一人通らない道や四辺に人家のない所がいくらでもある筈で、何も三島の宿に入った所まで来るには及ばない」

麻太郎の言葉に宗太郎が苦笑した。

「度胸のない駕籠屋が、どこかで殺《や》ろう、もう少し先へ延ばそうと迷っている中《うち》に三島宿へ着いたというわけではあるまい」

長助が途方に暮れた顔になり、るいが替った。

「お二人とも、冗談をおっしゃっている場合ではございませんよ。長助親分、嶋屋長右衛門さんはどこに居たんです」

「それがその、長右衛門さんはもともと甲州の生まれなんだそうでして実家は身《み》延《のぶ》山久《く》遠《おん》寺《じ》の近く、兄《あに》さんが親の後を継いで仏壇屋をしてなさる所へ頼って行って、兄さんと久遠寺の坊さんがつき添ってお上《かみ》に自首したって話でございます」

なんとなく部屋のすみに座り込んでいたお吉が小さな悲鳴を上げた。

「長右衛門さんがお内儀さんを殺したんでございますか。なんだってそんなことを……」

再度、長助がぼんのくぼに手をやった。

「つまりはその、旦那が商売にしくじって、べら棒な借金を作っちまったのがお内儀さんにばれまして……」

嶋屋は女房のお仙が先代の一人娘で長右衛門は奉公人から先代が気に入って娘の聟にしたので、実際、先代が歿って長右衛門がひき継いでから嶋屋の資産は倍以上になったと評判になったくらいだが、好事魔多《こうじまおお》しでお仙が妊《みごも》っている最中に長右衛門が吉原の妓に入れあげて商売の金を使い込み、それがお仙の知るところとなって夫婦喧嘩のあげく、お仙が流産してしまった。以来、夫婦仲が悪くなってお仙のほうから長右衛門に嶋屋と縁を切って出て行ってもらいたいと親類筋に訴えがあったが、

「いっちゃあなんですが、お仙さんのほうも相当、我《わ》が儘《まま》なお内儀さんで世間の評判もよろしくはございません。あの女房じゃ亭主が廓《くるわ》通いをしても仕様がないなぞという人もありまして結局、誰も相手にならなかったてえいきさつがございました」

流石に昔取った杵柄《きねづか》で、長助の嶋屋に対する聞き込みは行き届いている。

「しかし、よく、そんな夫婦が揃ってお伊勢まいりに出かけたものですね」

宗太郎がくすぐったそうな顔でいい、長助が話をつけ加えた。

「実は、二人共、今年が厄《やく》なんで……」

長右衛門が六十一歳、お仙が五十五歳だという。

「なんで、そんな年にお伊勢まいりに出かけたんですかね」

お吉が首をかしげ、長助がしたり顔で答えた。

「ですから、お吉さん、厄落しに出かけたんでさあ」

「旦那が女房を殺しちまったんですよ」

「お伊勢さんにお詣りする前でござんしょう。神さんのせいにゃあ出来ませんぜ」

「別に神様のせいだなんていってませんよ。鶴亀、鶴亀……」

お吉が神棚に向って手を合せ、嶋屋に関する話はそこで打ち切られた。

いい具合に長太郎が蕎麦を運んで来て一同が満腹し、長助、長太郎父子が帰ると部屋はるいと宗太郎、麻太郎の三人になる。

待っていたように、宗太郎が麻太郎に訊いた。

「ところで、狸穴の義兄上《あにうえ》も気にかけて居られるのだが、君と一緒に洋行した一条家《いちじょうけ》のお姫さんは、どうしたんだ」

麻太郎があっけにとられたという顔になり、

「結子《ゆいこ》さんならロンドンの専門学校へ入って寄宿舎住いの筈ですが……」

「専門学校というと……」

「主として妊娠、出産に関してのようですが、女性の疾病《しっぺい》とか、出来れば子供の病気に関しても学んでおきたいといっていました。なにしろ、知識欲旺盛な人ですから……」

結子さんがどうかしたのですかと反問されて宗太郎が苦笑した。

「いや、てっきり、君達は夫婦になるものと思っていたのでね」

「結子さんが聞いたら驚きますよ。わたしも少々、びっくりしましたが……」

「二人の間で、そういう話は出なかったのかい」

「はい」

さっぱりした返事に宗太郎がるいを見て弁解した。

「狸穴の義兄上も義姉上《あね》もてっきり、そうだと思い込んで居られるのでね」

こいつは狸穴へ帰って早く報告しなければといっているところへ嘉助が来た。

「只今、狸穴のお屋敷より殿様、奥方様お揃いで御到着なさいました」

と取り次ぐ後から、

「その殿様、奥方様は止めよと申しているのがわからぬか。狸穴の隠居爺《いんきょじじ》いと隠居婆《ばば》あでよい。それより麻太郎じゃ、洋行から帰って来たというのに全く家に腰が落ちつかぬ。ろくにむこうでの話も聞けぬ。母が寂しがっているのがわからぬか」

通之進の背後で香苗がくすりと笑った。

「いいえ、一番、寂しがっておいでなのはお父様ですよ」

まあまあ、こちらへとるいが声をかけ、宗太郎と麻太郎は顔を見合せ、同じように首をすくめた。

終日、「かわせみ」は賑やかであった。

まだ泊り客を入れていないので、

「新規開店の最初のお客は義父上、義母上と宗太郎先生とわたしにしましょう」

と麻太郎がいい出し、

「麻太郎は大事なことを忘れて居るぞ。今日は日曜日、バーンズ先生御夫妻とマギー夫人、それに麻太郎の代りをつとめて下さった宗三郎どのは明日、麻太郎と交替して狸穴のほうへ戻られると聞いて居る。是非、お誘いするように」

通之進の注意で、結局、「かわせみ」新規開店祝いの宴の客は、通之進夫妻に麻生宗太郎と宗三郎、バーンズ先生夫妻にマギー夫人ということになって「かわせみ」の板場は急に賑やかになった。

「どうも、わしがよけいなことを申してこの家に迷惑をかけてしまったな」

と通之進がいい、るいは、

「とんでもないことでございます。かゝわせみにとりまして、なによりの開店祝いでございます。みな、張り切って支度をして居りますので、どうか斟酌《しんしやく》は御無用に願います」

私の申すことが疑わしいとお思いでしたら、どうか、板場をごらん下さいませ、と答え、実際に通之進夫婦と宗太郎がそっと板場を覗いた。何も知らず、常と変らず働いている板前達の姿を眺めて、やがて座敷へ戻る。

「驚いたねえ。通之進様が宿屋の板場をごらんになるなんて前代未聞だ。長生きはするもんだね」

自分も覗きに行った嘉助が帳場へ戻って来て呟き、正吉も、

「気さくな殿様だとは聞いていましたが……」

聞きしに勝ると感心している。

その夜の「かわせみ」は賑やかであった。伊勢まいりに出かけた者は道中の風景や名物の食べものだのの土産話をし、留守番組は彼らの居なかった間の東京の出来事を語って聞かせていたのだが、それが一段落したところで珍らしく香苗が長助に声をかけた。

「あなた方と伊勢参宮に出かけたお仲間の中に本町通りの小泉屋の者達が居りました

でしょう」

穏やかな問いかけなのに、長助がまっ赤になって絶句しているので、るいは代りに返事をした。

「おっしゃる通り、小泉屋さんは御主人夫婦と妹さんが御一緒に参りました」

「小泉屋さんの火事の話は御存知かしら」

「はい、旅先まで知らせが来ましたようですので」

急遽、小泉屋夫婦が江戸へ戻り、五郎兵衛の妹の久江だけが兄の判断で旅を続けた。

「あちらの火事は御近所からの貰《もら》い火《び》で、奉公人達が死物狂《しにものぐる》いで火を消そうとしたのですけれど、あいにく風が強く、火消しが駆けつけた時には手のつけようがなかったと聞きました。でも、今は元の場所に仮店を建てて商いを続けていますし、この秋には妹さんが以前から好意を持っていた大坂屋平八さんとおっしゃる方の許に嫁《とつ》がれるそうですよ。平八さんがこんな折だから、嫁入り道具は一切不要にしてくれ、身一つで来てくれるだけで充分、幸せだといってくれたと五郎兵衛さんがそりゃあ喜んで話してくれました。久江さんも本当に喜んでいるそうで、私もほっと致しました」

普段、ひかえめで口数の少い香苗が嬉しそうに話し、るいも大きくうなずいた。

「それはよろしゅうございました。久江様とおっしゃる方は旅でおみかけする限り、気性のしっかりしたいい娘さんでしたし、平八さんのほうも誠実で情のあるお人のようでございましたから、きっと良い御夫婦におなりなさいましょう」

今度の旅の一番の収穫はそれかも知れないと人々はうなずき合った。祝宴は和気《わき》藹々《あいあい》の中《うち》に終り、その夜の中にバーンズ先生一家は築地へ帰り、翌日、通之進夫婦と宗太郎、宗三郎が狸穴へ戻って行ってから、るいは家を出た。

外は桜日和の上天気で道行く人々の表情も明るく見える。

そのまま、るいは足を日本橋へ向けた。

和洋堂と看板の出た店をぐるぐると上りかまちの所でお千絵が何枚かの浴衣を広げて眺めている。入って来たるいを見るといきなり、

「ねえ、おるい様、おるい様のところに古くて要《い》らなくなった浴衣がありませんかしら」

娘の頃と同じ、やや甲高い声で訊いた。

咄嗟《とっさ》に返事の出て来ないるいへ、

「古ければ古いほどいいんです。なにしろ襁褓《おむつ》を作るんですから……」

嬉しいような、面倒くさそうな調子でいう。

るいが目を輝やかせた。

「お出来になりましたの。源太郎さんのところに……」

「産むのは花世さんなんですけどね」

つい、るいは笑い出した。この友人には昔からこういったところがあると思う。嬉しい時に面白くない表情をし、悲しい時に笑ってみせる。

「おめでとう。お二人目ね。今度は女のお子さんかしら」

「生まれてみなけりゃわかりませんよ」

ほら始まったとるいはお腹の中で手を叩いた。二人目の孫が生まれる嬉しさを、この友人はふくれっ面《つら》で打ちあける。で、るいもお返しをした。

「うちもね、千春のところから……」

ええっ、とお千絵が跳ね上りそうな恰好をして傍へ来た。

「お出来になったの、千春さん……」

「凜太郎さんが知らせに来て下さいましてね。当分、内緒にしておいてくれるようにと……」

「そう。よかった。おめでとう。おるい様」

「まだ内緒といいましたでしょうが……」

睨んでみせようとしたるいの目が睨み切れない。

気がついたようにお千絵が座布団を持って来て上りかまちへ置き、るいが掛けた。お千絵がその横に座る。

和洋堂の入口の扉に陽が当っているのが窓越しに見える。表通りは人通りが多かった。人力車が走り、日傘をさした娘が商店の飾り窓を眺めている。店の前に一本だけ植えてある柳の木の枝は若葉が芽ぶいて風に揺れている。

「おるい様って、白髪がないのね。染めていらっしゃるの」

「いいえ」

「いいわね。いつまでもお若くて……」

「とんでもない。もう、お婆さんです」

「貴女《あなた》がお婆さんなら、私なんぞ鬼婆あだわね」

僅かばかり間をおいて、お千絵がいった。

「千春さんに赤ちゃんが産まれると、おるい様もお祖母《ばあ》さんね。婆《ばば》と書くほうじゃありませんことよ。祖母と書くほうのおばあさん」

「どっちでも同じでしょう」

「いいえ、違いますよ。文字も違うし、意味も違います。感じ方も全然、違って来ると思いませんか」

「そうかしら」

「おるい様はお祖母さん、私はお婆さん……」

「なんですって」

「あら、燕《つばめ》が……ほら、そこに……」

「嘘ばっかり」

「いいえ、本当……」

そして二人は黙った。

日本橋の通りのほうから賑やかな喚声《かんせい》が上ったのは派手に飾り立てた馬車が何台も通って行ったからで、どうやらそれは築地居留地に住む外国人の家族のようである。

「変りましたよね、このあたり……御一新の前とは……」

お千絵が町並みを眺め、るいは大川端の方角の空を仰いだ。

歳月が移り、世の中が変った。

けれども、その中で生き抜いて来た人々の想い出は想い出す人がある限り消えはしない。

人は一生をかけて想い出を紡いで行くものかと胸の内で小さな吐息を洩らした。

空に雲があった。

小さな、ひとつまみほどの雲が空を流れて行くのを、るいは、お千絵に肩を叩かれるまで見送っていた。

初出　「オール讀物」平成二十七年二月号〜八月号

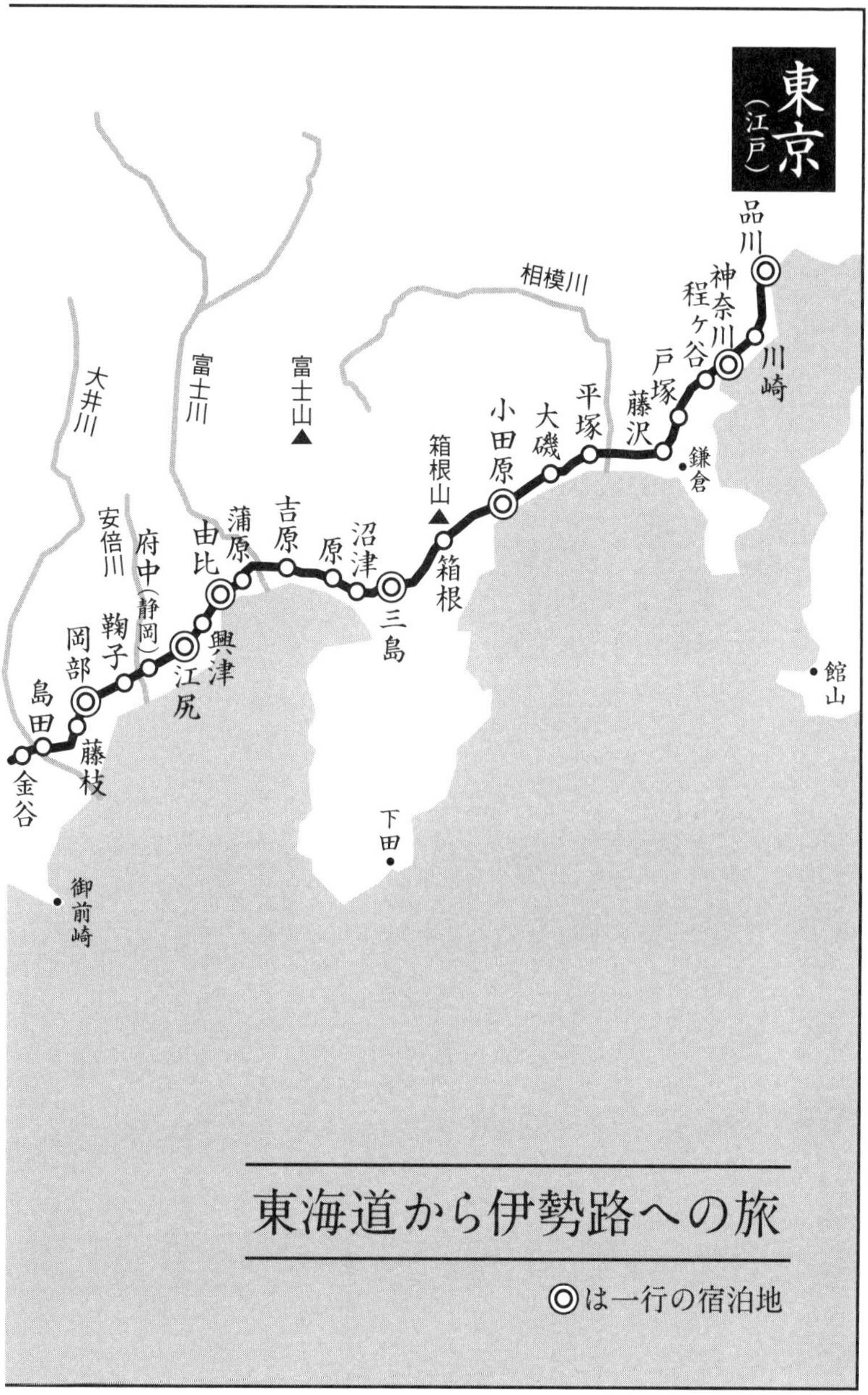

東海道から伊勢路への旅

◎は一行の宿泊地

伊勢神宮
木曾川
天龍川
桑名
四日市
追分
白子
上野
津
六軒
高茶屋
松阪
鳥羽
宮
鳴海
池鯉鮒
岡崎
藤川
赤坂
御油
吉田(豊橋)
二川
白須賀
新居
舞坂
浜松
見附
袋井
掛川
日坂

デザイン　野中深雪

平岩弓枝

昭和七年、代々木八幡神社の一人娘として生まれる。昭和三十年、日本女子大学国文科卒業。小説家を志し戸川幸夫に師事。ついで長谷川伸主宰の新鷹会に入る。昭和三十四年に「鏨師」で直木賞。平成三年に「花影の花」で吉川英治文学賞。平成九年に紫綬褒章。平成十年に菊池寛賞。平成十六年に文化功労者。平成十九年に「西遊記」で毎日芸術賞。平成二十五年に長谷川伸賞。また、昭和六十二年から平成二十一年まで直木賞選考委員を務める。「御宿かわせみ」シリーズは、昭和四十八年から四十年以上書き続け、著者の代表作となっている。

お伊勢《いせ》まいり　新《しん》・御宿《おんやど》かわせみ

平成二十八年一月十日　第一刷

著　者　平《ひら》岩《いわ》弓《ゆみ》枝《え》

発行者　吉安　章

発行所　株式会社　文藝春秋

東京都千代田区紀尾井町三―二三

〒一〇二―八〇〇八

電話（〇三）三二六五―一二一一

印刷所　凸版印刷

製本所　加藤製本

定価はカバーに表示してあります。

万一、落丁・乱丁の場合は送料当方負担にてお取替え致します。小社製作部宛、お送りください。

ISBN978-4-16-390383-5

平岩弓枝の本

御宿かわせみ

シリーズ全34巻（文春文庫）

1 御宿かわせみ
2 江戸の子守唄
3 水郷から来た女
4 山茶花は見た
5 幽霊殺し
6 狐の嫁入り
7 酸漿は殺しの口笛
8 白萩屋敷の月
9 一両二分の女
10 閻魔まいり
11 二十六夜待の殺人
12 夜鴉おきん
13 鬼の面
14 神かくし
15 恋文心中
16 八丁堀の湯屋
17 雨月
18 秘曲
19 かくれんぼ
20 お吉の茶碗
21 犬張子の謎
22 清姫おりょう
23 源太郎の初恋
24 春の高瀬舟
25 宝船まつり
26 長助の女房
27 横浜慕情
28 佐助の牡丹
29 初春弁才船
30 鬼女の花摘み
31 江戸の精霊流し
32 十三歳の仲人
33 小判商人
34 浮かれ黄蝶

新・御宿かわせみ

シリーズ刊行中（文春文庫）

1 新・御宿かわせみ
2 華族夫人の忘れもの
3 花世の立春
4 蘭陵王の恋
5 千春の婚礼（単行本のみ）